黛安娜

最後的一場約會

巴黎車禍唯一倖存者的告白

The Bodyguard's Story Diana, the Crash, and the Sole Survivor

by Trevor Rees-Jones ／劉世平 譯

目錄

特夫的聲明

把我的故事寫成書是我夢想不到的事。如果有人在車禍次年為寫書找我，我一定會叫他滾。打從我還在醫院中昏迷不醒開始，我的家人一直希望保持低調避開注意。當我醒來後，我也身有同感。我們原本在史洛雪爾的家鄉過著平凡生活，人都是失去了才會覺得很懷念，而打亂這一切的都是那場車禍。

媒體一直不放過我們——包括我、我的母親和繼父，甚至包括我住在威爾斯的祖母。很多流傳的說法都是錯的，有的還是捏造，我們早就決定不接受訪問。在車禍後的兩年半中，我只接受過一次訪問，因為我覺得對不起我的老闆穆罕默德・法耶德，他的兒子也死於這場車禍。可是直到現在，我仍後悔接受訪問。因為我原本以為辭職後可以暢談，但還是做不到。我只想在法國警方的調查結束前回復原本的生活，能夠把整件事給想清楚。我只希望趕快恢復健康，回到我從前熱愛的生活、工作、親人和足球。

這樣想是否有點不太實際？我開始認為我的生活不可能再回到從前了。車禍後的我已經變了一個人。我不想這樣，但怎麼可能在一場死了三個人的車禍中（其中一位還是黛安娜王妃），劫後餘生後還能過和以前一樣的生活呢？

我並沒有罪惡感，他們在我當班時死去的事實無法再改變。但是我每天看著鏡子，都認為我已盡力了。我記不得車禍當時或發生前三分鐘的事，我只能記起車子從麗池飯店開出，之後便是我在幾天後發現自己在醫院醒來。車禍前幾秒的事已經沒有人知道了，酒醉的司機也死了，但我知道，我一定曾盡力防止車禍發生和保護主人的安全。

我永遠無法釋懷的是，在車禍後不久我的專業度受到攻擊。一些所謂的專家認為我並未善盡職責，但他們又不在現場怎能評斷？一開始我受到法耶德其他安全人員的抨擊，車禍之後的隔年夏天，法耶德本人開始指控我辭職是背叛他，更糟的是，他認為是我的行為導致了車禍發生。我非常生氣而且難過，一再忽略了周圍的警告，我還是試著保持忠心，並為法耶德的舉動感到難過，因我是如此深愛我的工作。

可是當法耶德在時代雜誌（Time）、CNN和報紙上攻擊我，還扯進我的保鑣同伴克茲（Kez），我知道該是我說話的時候了，向外界表達我的自尊和事實，實情遠比媒體知道的還多。我學到了如果你不說話，別人會代你說，報章對這件事的報導從來沒一刻停過，我無法忍受人們相信謊言和揑造的事，我尤其無法忍受我在家鄉的尊嚴都面臨喪失，我一定要站出來回應法耶德的話。

但這不是我想出書的唯一原因。醫生沒辦法告訴我何時可復原，或可以再工作多久。我沒得到任何的補償金，而我的律師和家人都勸我去請求一些賠償，替未來做些準備，即使在法耶德中傷我之後，我也沒有為錢在報紙、電視或雜誌上反擊他。有人願意付錢請我作半天的訪問，那筆錢比我花幾個月完成這本書的報酬還多，但我認為用出書的錢來付我的大額律師費比較光榮，也許付清了以後還可剩下一些。

上法院求償可能是出書外的唯一方法了。我打架很有一套，但老實說我一直都不願意成為法國警方調查的對象。可能除了法耶德先生外，我和所有相關人士都覺得最好不要上法院和成為頭條新聞，因為這樣會沒完沒了，要是能把這一切都忘掉該有多好。

這就是為什麼我最後想要出書的原因。書一出版後，我應該就不需要再面對這整件事了。如果有人想知道真象或我的想法，看我的書就行了，就這麼簡單，這樣我就可以過自己的生活。

當我整理出了頭緒後，我決定開始盡可能的把書完成。法耶德先生在九月時於法國上訴，但我一點都不想被牽扯進去。法律程序可以對這件事一直進行下去，但我絕對不會也不願意，我的父母和我自己過去兩年不該這樣子活在痛苦中，我試著隱藏我的感覺，但我知道我的母親做不到，她喜歡我從小就主張正義，即使我一輩子都因為如此而碰到麻煩，但我仍覺得這樣才有價值。

無論如何我還是寫了這本書，寫出我的故事、我所知道的事實、車禍前的事，還有車禍後我和家人受到的影響。不過第一個問題是，在我昏迷期間的事及一些事情的殘餘片斷記憶該怎麼寫。醫生告訴我這很正常，但卻對我的書沒幫助。有些事我一無所知——像我的家人是如何度過的、律師是怎麼找的等等，要把故事和我認為的事實說完整，這些也都很重要，因此我和合著者摩拉・強斯頓（Moira Johnston）決定要以第三者的口氣來寫。另外，我請我的父母、三位律師和車禍前三分鐘與我在一起的老友克茲，一起寫下他們的記憶。

書中開始的部份是我和他們都一致認為正確的部份，而每當我看到其他人寫的部份，自己都嚇了一大跳，竟然有這麼多我不知道的事。沒有我父母的支持，這本書是不可能完成的，他們的鼓勵是支持我寫完這本書的動力，他們盡可能傾全力幫忙，而寫書過程中所發生的事都深植在他們心中。

開始寫書後，我才知道有這麼多該寫的事——我們一家如何度過、車禍、法耶德、媒體、調查和生活的改變。回想起來，我和家人所經歷的生活實在難以想像，現在我很滿意書中的內容。不過事實可能會讓一些事件中角色不明和之後製造神秘的人不好過，像那些胡說關於訂婚戒指或謀殺陰謀的人，他們想必不樂見此書，但這的確是我最真實的敘述。

我想在此對所有幫助本書出版的人致謝。我從不知道一本書是怎麼完成的，但在我了解了以後，我十分佩服我的經紀人麥可·卡萊爾（Michael Carlisle）和替我出書的人菲利帕·哈里森（Philippa Harrison），是他自始至終對本書的熱情鼓舞了我們。我學到了一個好的作家如何去聆聽別人的話，將各個部份串連成一個故事而又不失其真實，這一點我要感謝摩拉·強斯頓。我的父母為了我，為了保存記錄，為了讓我們忘了這整件事，把他們認為最重要的故事提供給我，對他們再多地言謝都不夠，還有我家鄉的律師伊安・盧卡斯和大衛・克勞佛，還有巴黎的律師克里斯汀・克提爾，感謝他們為本書的付出和建言，提供只有他們知道的部份，沒有他們的毅力和勇氣，許多隱藏的事實將永遠石沈大海，我也會一直受到來自媒體、法耶德和國際法律加諸於我的巨大壓力，我只能束手無策。最後，要感謝克茲，這證明了他是我最忠誠的朋友，以幽默的態度與我分享他的記憶和幫我釐清許多事。

雖然我善表達，但仍有許多其他人是我想要感謝的：我的三個兄弟葛瑞斯、約翰和克里斯，從我巴黎出事和回家後，他們一直都表現得很堅強，照顧我的奇卡尼醫生，還有所有皮特・沙巴提亞醫院（Pitie-Salpetriere hospital）的醫護人員，感謝他們讓我奇蹟式地生還，希望我不是個太難纏的病人。蘇一家人給我的有力支持、在巴黎時鼓舞我的拉娜、家鄉的足球隊員，還有家鄉的父老們，我永遠都不會忘記他們的。

我以行動和事實站出來，希望人們知道事情的真相。我也希望本書是我對這場車禍的最後描述，因為該是過我自己生活的時候了。

楔子

過去曾有一段時間，吉兒・李斯瓊斯（Jill Rees-Jones）一直最害怕的事，就是電話在夜間突然響起，因為那時她的兒子特夫（Trevor）正在北愛爾蘭服役。她總以為打來的電話是有人要向她報噩耗，告訴她特夫受到狙擊身亡。一九九七年八月三十一日清晨二點四十五分，當她和先生厄尼正在位於歐斯威區（Oswestry）的家中睡覺時，電話真的響起了。吉兒反射式地驚醒，感到十分惶恐，電話那頭是她的媳婦蘇（Sue）。從計程車上打行動電話過來的蘇說：「我剛在收音機裡聽到，多迪（Dodi，黛安娜男友）和黛安娜發生車禍意外，我想應該不會有事，只是想告訴你一聲。」吉兒和厄尼立刻穿起睡袍，然後跑去打開電視機。電視報導稱多迪和開車的司機都已身亡，同車的黛安娜和保鑣則受了重傷，其它細節便沒被報導出來。在這鎮上，沒有別人知道吉兒的二十九歲魁梧高大的兒子特夫，就是多迪・法耶德（Dodi Fayed）的貼身保鑣，甚至連特夫的兄弟或橄欖球隊的好友也不知道此事。在多迪和黛安娜的戀情成為今夏的全球話題時，特夫早已一直隨侍在側了。車內的那名保鑣，除了特夫不會有別人。

在這個炎熱的夏夜裡，吉兒全身顫抖發冷地坐在椅子上，厄尼打開了火爐，兩個人盯著電視機，在SKY News、BBC和ITV等新聞台之間轉來轉去，甚至還錄下來以免漏掉什麼，但他們希望在因車禍變形的座車出現時幻滅——不會有人能在這種情況下還能生還。但是，至少現場記者一開始還提到有人生還的跡象——「第四名乘客受到重傷，半邊臉全毀……。」厄尼聽到了吉兒多年來最怕聽見的消息，在回房向她轉述特夫死亡的消息時，吉兒失神似地只是想著去巴黎見兒子最後一面時該帶什麼給他。

急於想確認此事的厄尼，匆忙打電話去法耶德的倫敦總部，對方告訴他特夫還活著，可是他心想這些人怎麼會知道？他穿上了只有在葬禮上穿過的西裝，心中想著特夫會被裝在棺材裡送回來。

特夫躺在巴黎的醫院裡，在死亡邊緣掙扎十天後才穩定住生命跡象，失去意識、血肉模糊的他，連他母親第一次見到時只認得他的腿。在這場史上最有名的車禍中，特夫大概是整個西方世界最後知道自己是唯一生還者的人。

直到現在，特夫才說出只有他知道的故事——黛安娜王妃生命最後一章，歷經近乎奇蹟的容貌重建後，再度重回足球場上和說出法國警方調查車禍的內幕。他所說的不過是簡單的事實，他談到一個普通人如何對抗歐洲最有財勢的人——穆罕默德・法耶德（Muhamed Fayed）給予的壓力，為反擊法耶德在全球媒體指出他應為車禍負責的指控挺身而出。特夫要以本書證明他的清白並說出真相，他也談出了一個平凡家庭在面對突如其來的災難和難以想像的壓力時，如何心連心找到了生存力量。

這場車禍悲劇，充其量不過又是歷史上的另一個謎，不知誰該對其負責，而特夫的故事足以作為歷史見證。

特夫的生活再也不可能回復正常了，一切就此改變。他曾極度不願造成黛安娜的兒子們傷心，可是隨著法耶德一再興訟，陰謀論甚囂塵上，甚至連菲利普親王（Prince Philip）都受到攻擊，他相信他所說的事實，可以讓此事在黛安娜的兒子們、全球數百萬哀悼中的人們及他自己的心中永遠劃下句點。

第一部　悲劇的前奏

第一章　多迪專屬保鑣

當黛安娜出現在法耶德遊艇上的那一刻，特夫的工作變得全然改觀。

特夫是多迪的貼身保鑣，而多迪的父親，正是藉買下哈洛德百貨（Harrods）建立權勢的埃及大亨穆罕默德・法耶德。特夫想，這位老爸一定和首相梅傑（John Major）的下台有關。看看他的八名隨身保鑣護送他坐上二個車身長的賓士禮車，雖然感覺好像搖滾巨星又何妨，反正只要能讓他老闆高興。

特夫心想：「法耶德自己一定有宿敵，但應不致於危害多迪，不然多迪上街時不會只帶特夫一個保鑣，綁架也許是最糟糕的情況，反正多迪又不有名，誰會認出他，很多有錢人都沒人能認出來。」但是這一切卻即將改變。

一九九七年七月十四日，當法耶德一家、黛安娜和小王子在法國南部渡假時，特夫一個人坐在法耶德位於公園大道（Park Lane）上的辦公室，準備迎接極度無聊的二個星期。當他查看行事曆時，突然發現多迪再幾個小時就會回到倫敦然後再飛到法國，特夫也要跟他一起去，這下特夫高興了，「幾天前，我看到行程表上寫著黛安娜會和法耶德一家一起去法國渡假。老實說，我嚇了一跳，因我從來都不知道他們的關係這麼密切。」

「我想這次任務一定很累，有些同事不喜歡長程旅行，因為會有壓力——法耶德一家在渡假時總是要求嚴密的守護。」雖有壓力，事實上同事們並沒有因此離職，特夫注意到：「因這次有王妃隨行，法耶德一家因緊張而更加嚴格要求，他們被要求暗地再簽下一份秘密合約並得到一份報酬。」但這對特夫來說並沒什麼。

原本特夫的同事（駐守法國聖卓佩茲（St-Tropez）的別墅）克茲，聽說老闆買了一艘大遊艇，大伙可以享受一下。但當他一聽到還有黛安娜和她的兩個兒子，立刻大罵美夢又泡湯。法耶德一家有貴客陪伴，脾氣一定會變得焦躁，所以整個安全小組都不對這次假期抱太多奢望。不過同伴們都說，替法耶德作危險工作是值得的，起碼薪水夠付貸款，特夫自己也有幢小木屋的貸款要付。

不過現在住在木屋裡的是他結婚二年，剛離異不到二個月的前妻蘇・瓊斯（Sue Jones）。特夫一直希望兩人能重修舊好，她是個十分聰明的女孩，從里茲大學（Leeds University）畢業，也很獨立。特夫還幫她在歐斯威區開了家禮品店，「要讓她高興，非得去她店裡幫忙」，特夫還為她冠上她的姓，願意為她作任何事，巧的是他媽媽也是改嫁給叫作瓊斯的人。

看看父母親和回足球俱樂部是特夫想回家鄉的原因，他也會回威爾許村看看祖母和生父埋葬之地，不過因為現在沒有蘇陪他一起去，反而到國外走走更吸引他。

「老實說，我還滿嫉妒那些在法國駐守的同事，待在那一定很有意思。」在倫敦辦公室的工作比較一成不變，法耶德家族的人可能會從家裡、遊艇、汽車或飛機上打電話來，時刻都要保持警覺，注意所有動靜，不過特夫現在可要出差去了。

他很快地準備好法耶德一家想要的特殊裝備和服務。掛上他的無線電、行動電話、呼叫器和小型警棍，只是沒有帶槍，因為在英國攜槍違法。這一點特夫倒很喜歡，他認為再也沒有任何事比給從事保安工作的生手佩槍更危險的事。他在訓練中學習的是空手搏擊，「但最重要的還是要保持體能，否則統統免談。辦公室下面就有健身房，我很喜歡去，我們共同目標就是防範危險情況發生。」

特夫穿著和多迪相配的衣服，寬鬆的襯衫下藏著他的裝備，他不想突顯出多迪的身份。「平常我都稱他多迪先生，但如果是到俱樂部去，我會和他一樣穿西裝並稱呼他多迪。」

特夫和多迪在巴特西（Battersea）直升機場碰面後，搭上哈洛德的專機前往倫敦東北方的史丹史泰德（Stansted）機場。當天早上多迪還和他的美國模特兒女友凱莉・費雪（Kelly Fisher）在巴黎香榭麗舍大道看遊行，特夫經常在她來倫敦時擔任她的司機，「我不清楚他們是否已訂婚，老實說我一點都不想知道。」他打了電話回辦公室報告抵達後，便搭乘法耶德的噴射機出發。

登機時間和預計到達時間都要向老法耶德報告。「所有事都要經過他的最後決定，老法耶德要知道所有情況」，特夫了解老法耶德對控制事情的著迷，更勝於財富和名聲，「我所學到的第一課就是，只要效忠老闆，他就會照顧你；第二課是即使你對，也千萬不要挑戰他的決心，多迪從來都不敢這麼做。」

飛機到了法國尼斯後，特夫把行李和東西送上廂型車，然後到最近的海港轉乘多迪的快艇。「我們要前往坎城了」，特夫在快艇上回報，法耶德家人和黛安娜正在前往與他們會面地點途中。多迪的快艇先到，在等待時特夫用無線電和船長通話，不久法耶德五十呎長的遊艇也到了，看來好像有半個足球場那麼大。

「我在哈洛德見過黛安娜，當時她去拜訪老法耶德。我本不該看的，但忍不住好奇，結果一看才發現她真美。」不過黛安娜當時不是多迪的朋友，此後特夫也沒再見過她，現在特夫又在遊艇上見到她。時間是傍晚六點，快到法國革命紀念日放煙火的時間，「其實當時我是在找她和兩個小王子，心想今年夏天可有得瞧了。」

「大家都知道王妃沒有隨身安全人員，只有一名司機」，黛安娜受邀來作客，在接下來十天裡，都會和法耶德一家在他們天堂般的別墅裡度過，兩個小王子會受到特別警力保護，但既然老法耶德從不會在這種假期外出用餐，而多迪看來會負責陪伴黛安娜，所以特夫的工作該是保護黛安娜的安全。

在昏暗的燈光下，特夫看到了一些「狗仔隊」（跟蹤名人拍照者）躲在別的船上向他們靠近。真正的威脅不是來自如他母親一直擔心的狙擊，而是讓狗仔隊拍到可以使他們發財的名人親密照片。特夫相信英國政府對英國未來國王的母親仍會小心保護，「如果情況危急到有被暗殺危險，當保鑣的人就不會是我，而會是特警人員，但殺傷力最大的是照片，不過照片不會要人命。」

在特夫要去回報倫敦他們已抵達的同時，多迪走向法耶德一家和賓客用餐的甲板尾端，故事就這麼開始了。

沒有一個人知道特夫和黛安娜同在法國南部的這艘遊艇上，包括他母親在內，也許他母親看了報紙後會猜到，她和蘇是唯一知道如何透過倫敦辦公室連絡他的人。「也許我母親會告訴我的繼父厄尼，但除他們外，沒人知道我替誰工作，足球隊的一些朋友知道我在擔任保安工作，但其他一概不知。」特夫工作一週休一週的型態，讓他有時間回家鄉過普通生活。週四晚上足球訓練，週六比賽，賽後去喝啤酒。軍隊、保安和足球隊的生活，都有相同的話題：運動、女人、喝酒和訓練，特夫在軍中學會了把工作和家庭生活清楚分開。

說實在的，有很多事不值一提，平民保安工作的危險不在子彈而在無聊，特夫喜歡他在北愛爾蘭當傘兵時的生活——四人的警戒小組，晚上溜進山丘上的檢查哨。他被訓練成沉默高手、自我依賴、能快速應對危險。「當時我們是很棒的前鋒偵查部隊，如果有這樣的工作就太好了，我一定去做，但後來我們得移走，之後的事就讓我十分受不了。」在軍中待了六年後，特夫決定離開。

退伍後他進入大學學習運動治療（想和他的外科醫生父親和護士母親一樣），不過課程並不如他所想的。從前軍中的伙伴告訴過他貼身保鑣的工作，「這正是我想要的，頭腦和身手都要兼備。」當然更別提年薪二萬五千英鎊的薪水。於是他去上了二門貼身保護課，學習基本技巧——像駕車和走路訓練、巧妙脫逃、空手搏擊等。

一九九五年，特夫在軍中求才報上看到了法耶德的廣告，便逕行前往應徵。幾乎與特夫年紀相當，卻已當上私人保鑣主管的保羅・韓利・葛瑞夫（Paul Handley-

Greaves）當場就雇用了他。特夫感覺一切就好像又回到了軍中，同事大多約在四十歲上下，全都是從軍中除役。特夫從十八歲從軍以來，就一直在這種環境中生活，因此很快就能融入。「工作和從前沒兩樣，大家睡在一起、玩在一起，真的是同甘共苦，同事間可以開任何玩笑，絲毫不用做作。」

唯一不同的是，千萬不要挑戰老闆權威，即使你認為作法有損專業。「一定要有高明的處理手腕，沒有最完美的作法，你就是要保護好法耶德一家的安全。所以你得去學習任何可以消弭潛在危險的細節，像是開車，這樣才不會讓老闆生氣或令他在友人面前出醜。」

要是子彈或拳頭出現，情況就不妙了。特夫和同事們總愛嘲笑好萊塢式的保鑣，「真正的保鑣不會穿西裝、戴墨鏡，也不會四處張望，找尋突然跳出來的殺手，這樣我一定會頭昏，跳上前替老闆擋子彈的事是胡扯，只有好萊塢才想得出來，最佳武器應該是常識和事先規劃，不過真要有事發生，有我在一旁準沒錯，因為我知道怎麼處理。」

特夫的同事兼好友——克茲，也對凱文科斯納（Kevin Costner）式的保鑣感到好笑。這次的命運之行，克茲也在駛向巴黎的遊艇上，他和特夫的個性截然不同。

短小精幹、熱愛馬匹的克茲，曾是皇家陸戰隊的指揮官；特夫則是高大壯碩、熱愛足球。出身貧寒的克茲，說話總有驚人之作，他同意特夫對保鑣工作的看法：「洞察力要很夠，保鑣不是要去救命，而是要讓老闆平安，還要永遠地服從。就算錯過朋友婚禮或必須加班，還是得把工作做好，否則就稱不上專業，也會讓同事失望。」

當多迪的保鑣也是一樣，除了例行工作外，還有其他會感到沮喪的事。克茲相信「沒有人嫉妒像特夫這樣擔任多迪保鑣的同事」。特夫說：「就工作時間來說，我們是最辛苦的，整週都得一大早就起來，一直工作到晚上，去餐廳、電影院或俱樂部，最慘的是沒有別的同事和你一起，不然還可以有人一起說笑。」

凱莉・費雪有時候會飛來英國待一個星期，秘書會通知接機，然後由特夫當她和多迪的司機。「她很有魅力，多迪身旁的女人都是如此，可是外傳多迪是花花公子，我卻看不出來。從俱樂部出來後，我總先讓多迪下車，再送其他人回家，男女都一樣，我看電視上每個人都說他很善於傾聽別人說話，也許是吧！我想那是因為他自己乏善可陳。」

多迪的夜生活也許會讓特夫疲累，不過真正令人灰心的是他難以捉摸的個性。

原本以為理想安排——四人保鑣小組，按照時間表、既定路線和備用車輛，但他從來都不曾真正照計劃作。「一出門可能要到凌晨三點才回家，或是他突然十點鐘要去某處，你只得閒逛到中午。開車時最痛苦，不過現在回想起來，多迪的行為卻成了車禍事件的關鍵。」只要車子塞在尖峰時間的倫敦車陣中，多迪就會說：「你怎麼不走別的路？」他不喜歡塞車，總想趕快前進、搶道，能越早到越好，就算知道有測速照相，他還是會命令我加速，這我可不做，不然我的駕照和工作都會不保。

葛瑞夫曾提醒特夫：「多迪說你車開得不夠快」「好，那我會再開快點」。結果四星期後，葛瑞夫又把特夫叫去說：「多迪說你開車很沒規律，不是太快就是太慢。」凱莉・費雪於車禍後向法國法官作證時說：「特夫是個很好的員工，自我要求嚴格，可是多迪對他像個暴君，根本不是用命令的。」他會說「趕快載我去，否則你就給我走路。」特夫同意並說：「情況總是很緊張，多迪從不會想到手下，但也不是那麼刻薄，也許聽起來像是，但他不是那個意思，不過他對車子裡東西的擺放可是強制要求，這裡要擺香巾、那裡要擺糖果，還千萬記得東西要有存量。」

特夫和多迪甚少交談。「多迪不是個可以閒聊的對象，還好我才不想當他的哥兒們，大部份時間他都在講行動電話，總是在打電話給某人，我也樂得可以專心在工作上。如果你問我和多迪處得好不好，我會說他和另一名保鑣約翰比較處得來，可是約翰做了一兩個星期就離開了，只剩我一人，老實說我和多迪都不知道他為何離開，顯然他過不了這種生活。」

多迪唯一不挑剔的是安全帶，在市區裡他們從不繫上，除了上往希斯洛（Heathrow）的M4快速道路，多迪才會用安全帶，通常他會坐在前座不發一語。

多迪有十分豐富的藏車——一輛Range Rover、幾輛Aston Martin、還有一輛法拉利，另外他也喜歡玩具等小玩意，軍隊也是他嚮往的地方，除了從美軍戰艦上收集大量棒球帽，還有很多高科技儀器。

漸漸地，特夫知道如何應付多迪，要是開車經過一家特別的店，多迪會說：「查查這是什麼店。」但其實他一點也不感興趣，所以乾脆別回答，或是叫我停車換個輪胎。每當我們開車經過法耶德總部大樓旁的跑車展示店，他會下車去拿些資料，幾乎每次都只是看看而已，但若他要買車，特夫就尷尬了，「多迪的經濟還是掌握在老法耶德手中，要是他做了違背老法耶德想法的事，我必須向老法耶德報告，畢竟他才是我的老闆。」

「我會先向小組主管報告後再由他轉告，很少會直接去找老法耶德，就像軍隊一樣有層級之分，如果他說不能做，我就會告訴多迪，然後多迪會抱怨一陣子，我也只有叫他去跟他爸爸說。」

特夫感覺這種父子關係真可悲，在他十七歲時，父親心臟病發死在車上，壓住喇叭發出宛如喪鐘的聲音，至今那種傷痛仍深藏在他心中。

「當老法耶德在車禍後，上電視稱讚多迪是個好兒子時，我嚇了一跳，我承認從沒想過他們有這麼親近，感覺上，老法耶德希望多迪能更像他積極一點，好像從來也不管他。每次載多迪去哈洛德時，兩人也不過才談幾分鐘。有一次老法耶德在開會，多迪想見他還被拒在門外。」不過，多迪倒是常常去老法耶德的閣樓公寓吃飯，被當作小孩子一樣。老法耶德在多迪十五歲時，就派了輛配司機的勞斯萊斯和梅菲爾（Mayfair）的公寓給他，可是到了他四十二歲，還是只有這樣子，「也許他們有自己的相處方式，長子一定都很特別。」

特夫對替法耶德家工作感到滿意。「老法耶德要求忠心和尊重，給的待遇也很合理。」特夫不知道這樣的工作可以做多久，但他覺得自己因為保護多迪而受到如資深同事般的尊重，能夠這樣作一週休一週，忍受許多事也很值得，當然還有像去法國聖卓佩茲避暑的這種機會。

特夫在準備去回報倫敦辦公室並和同事閒聊時，碰到了黛安娜的特別隨從。他問他們：「該讓王妃穿什麼？」

一人回答：「要稱夫人。」

「那怎麼稱呼小王子？」

「叫名字就好，威廉和哈利。」

安全小組主管帶著特夫參觀遊艇——消防設備、救生圈、急救箱、餐廳和走廊。行遍全球的這艘尊尼卡（Jonikal）遊艇，最近幾個月才剛花下二千萬美金裝潢，以滿足老法耶德的奢侈品味，船員中只有義大利籍船長還留下來，其他的英國船員都已經換過。

特夫回憶：「這遊艇真是漂亮，不知道會不會迷路，我不想走進不該去的地方，看起來好像比它的實際體積還大。」

有了雷達、二十四小時守衛和人員出入管制，尊尼卡號可謂十分安全。攝影師可能會來騷擾，但是上不了船，只要掉頭駛入海中，十五節的船速絕對讓狗仔隊的小船望塵莫及。可是在陸地上，多迪行程的善變、黛安娜的盛名會讓安全工作變得像場惡夢，這是特夫從沒碰過的情況，不過他承認自己滿喜歡的。

煙火開始時，特夫一個人坐在船橋上喝著飲料，五彩的火花照亮整個岸邊的夜空，雖然他不特別愛看煙火，不過這的確是他生平見過最盛大的。他想著再來還會有什麼變化，幾週前他從沒想過自己這樣平凡的人，如今會身在法國南部，保護黛安娜王妃的安全。

第二章　海上假期情愫生

「黛安娜的對象是誰？」幾個別墅裡的安全人員開玩笑地說。在假期過程中，每天都會有剪報從倫敦寄來給法耶德一家和客人們。在一大堆嬉戲的照片中，有的是黛安娜開玩笑地倒冰塊在多迪頭上，有老法耶德與黛安娜的合照，還有黛安娜一人在甲板上沉思。

特夫到了第二天早上才正式與黛安娜見面，因為前晚，大家看完煙火後回到聖卓佩茲別墅，已經累得無法交談。第一次作見面介紹，黛安娜說：「哈囉，特夫你好。」穿著泳裝的黛安娜，散發出特夫家鄉街上好女孩的自然氣質。「妳好，夫人，謝謝。」「王妃一開始就叫我特夫，他們直接稱呼名字從不嫌煩，非常有教養。」只是兩個小王子喜歡捉弄特夫寬大的襯衫。

特夫感到這趟旅行會很不錯，老法耶德顯然也很高興能當東道主，法耶德家族的小孩子也出乎意外地乖。過去五年來，大部份都是克茲在照顧這兩個小男孩和兩個小女孩，看著他們被寵壞和受著過度保護。克茲愛馬也愛騎馬，甚至還替孩子們請來騎術老師，不過孩子們從來不騎。「五年來我只見過其中一個騎三次，馬由老師牽著，旁邊還有二個隨從，法耶德很擔心小孩的安全。」不過這樣子卻剝奪了小孩承受打擊的機會，也少了更多承擔責任和紀律的學習，這一看就知道，承受打擊的工作都交給保鑣。

法耶德曾塞給克茲兩百英鎊「小費」，僕人、司機、保鑣都會有，為的是感謝他們的工作。海外出差只要不出事，每個人可以獲得五十英鎊小費，當然還有一切支出的補助。在倫敦時，這些錢都是秘書負責支付，而在這兒則是由法耶德親自發現金。克茲說：「像這種出差，一開始會先拿四百英鎊，但一下子就花光了，再來只有自掏腰包。」

由於別墅和遊艇都有安全保護，特夫可以自由去做平常很少做的自由偵察工作。他被告知有很多媒體在此，但不致於造成問題。

第一天早上，特夫從別墅走到海灘，和前兩次來此地走過的路一樣，工作是來幫忙準備所有東西，只不過岸邊媒體船隻多到令他吃驚。

這裡也是個公共海灘，工作人員必須先來佔好地方。「我們要把東西都擺出來——水上摩托車、充氣玩具、海灘椅、海灘傘、佈置成全家渡假的樣子。」主人們約莫會在十點或十一點現身。

當天早上，特夫第一次親身經歷了專門捕捉明星的「狗仔隊」行動實況。看著攝影師們小心地在岩石上架設器材，除了攝影師外，還聚集了許多遊客。這座海灘有許多亂石，人們索性坐在石緣邊注視法耶德家休憩處的動靜，期盼一睹黛安娜的風采。

老法耶德對遊客靠得太近極度不悅，也對在天上盤旋、隆隆作響的直昇機感到憤怒，但是這在公共海灘並不違法。一開始黛安娜似乎有點憂心，因為她不願喪失自己和孩子們渡假時的隱私，所以她走向一艘狗仔隊的船，要求他們別來煩她。這對保鑣來說可是不得了的事，最後交換條件是只有白天可以拍照。克茲說：「他們顯得十分大方，因為有了許多可以拍照的機會。」

尊尼卡號的服務主管黛比・葛莉波（Debbie Gribble）一再被媒體引述，多迪和黛安娜當晚便是在遊艇上產生情愫。這位來自紐西蘭的高挑主管曾在國際性旅館和遊艇上工作多年，善於近身隱密觀察，對船上客人一舉一動十分注意，所有餐具和房間都要經過她的檢查直到清潔無瑕，當晚有四名廚師各自獻上一道拿手菜。根據世界新聞（News of the World）在車禍後對她的訪問，多迪和黛安娜就是在當時的杯觥交錯之間迸出愛的火花。

但黛比說：「我從沒說過，我只是認為兩家人都很愉快地邊吃晚餐邊享受煙火。當時也許是有狗仔隊的船靠近，因此多迪開始丟盤子，最後大家就玩成一團，我可沒看到親吻擁抱之類的事。」

特夫有時候白天會負責看管小孩，「我和孩子們處得很好，由於我對他們算新面孔，所以成了他們好奇的對象。」但基本上照顧孩子是克茲的工作，夜間活動則交給特夫。「通常會一起上街的有王妃一家三人，加上多迪、老法耶德夫人海妮（Heini）、還有法耶德的兩位大女兒卡蜜拉和茉莉及我們三、四個保鑣和王妃的特警。一般我們就是開車進入聖卓佩茲，然後在街上走走，每個人都穿得很輕鬆，短衣和牛仔褲，但一群人總是引人注意，尤其男的都很高大。」

來自北歐的海妮夫人也是個美人，曾是芬蘭選美皇后和模特兒。在多迪介紹她給老法耶德後，她生了兩個小孩，在一九八五年嫁入法耶德家，十七歲的茉莉和十二歲的卡蜜拉，則是黛安娜的小玩伴。

夜晚時髦的聖卓佩茲街上，到處都是熙來攘往的人群。這原本是黛安娜最不該出現的地方，但是卻只有一些人會回頭看看他們，而且記者也沒見到一個。

特夫回憶：「原本我應該和一名特警先上街作好安排，探查道路、路線、醫院、可以參觀和逛街的地方，結果進出聖卓佩茲的路只有一條，我們檢查的第一家餐廳離城半小時車程看來不錯，所以把整間都包了下來。」特夫拿了手中的一百英鎊給店主，確保所有客人們晚上可以受到好的招待。

在看完餐廳的回程途中，特夫看到路旁有個遊樂場，他覺得會是一行人晚餐後的好去處，於是也詢問了入場費和檢查停車場所的安全。

「當晚用餐時有四、五名安全人員在場，我們和黛安娜的兩名特警坐在外面走廊，注意裡面的安全。令我驚訝的是，法耶德一家人與王妃和未來可能繼承王位的小王子相處十分融洽，威廉和哈利兩個小王子跑到屋外，我也和他們閒聊起來，特警們只是在一旁注意著，讓小王子們盡情玩樂，晚餐後一行人便前往遊樂場，當晚氣氛十分歡樂自在。」

有王妃和小王子同行，特夫有著一種全新感受。「我總認為他們的出現讓法耶德一家人展現出了最好的一面，不會再嘮嘮叨叨。本來法耶德家人要求是很多的，如果他們找你的時候你沒出現，就會開始發脾氣，王妃一家的出現使氣氛緩和了不少，加上老法耶德不在（其實他晚上從不外出），情況又簡單許多，有他在的時候，我們真是如履薄冰一般。」

逛遊樂場那晚是最棒的一晚，特夫和小孩們一同玩碰碰車和雲霄飛車。「孩子們希望有人陪他們一起坐，並且一再央求，海妮夫人和王妃都叫我去和他們一起玩，但我一開始很不願意，雖然我不想掃孩子們的興，但這真的不是我該做的事，然後我看到一名特警上前和他們一起玩，才感到應該沒什麼問題。現在回想起來，坐在所保護對象旁邊還真是個不錯的主意。」特夫想孩子們真是純真，黛安娜雖然引起旁人注意，但沒人上前來騷擾，四周完全不現狗仔隊蹤影，第二天大家都還想再去。幾個晚上的相處，特夫了解了王妃和小王子，也略微感受到名望對一個人日常生活的影響。

有一晚讓特夫真正體會到，身為一個名人是多麼努力想保有隱私。當晚他們一行人搭乘海耶德另一艘帆船，來到聖卓佩茲最有名景點之一的岸邊咖啡屋「巴黎咖啡」。下船的時候，船塢邊擠滿了人群、觀光客和狗仔隊。「沒有比這種情況下更難執行保護的了，咖啡屋裡所有的人都來了，起碼好幾千人，大家從四面八方爭相上前，希望用照像機捕捉到王妃的風采。」

法耶德的安全護衛小組當晚從王妃的特警身上學到了寶貴經驗。「他們神色輕鬆，堅定但不失禮，向群眾解釋要求退後，而群眾也照作，本來應該是很麻煩的情況變得很有規矩，因為這就是他們的工作。」場面都在控制中，而最後黛安娜也決定取消下船。「當你看到那種場面，才體會到黛安娜完全無法享有個人隱私，她很明顯地被嚇到了。」

特夫和克茲尤其對特警們並未攜帶武器感到印象深刻，原因並非原則或逞英雄的問題。「特警若要帶武器進入法國，需要準備太多的文件，即使是英國皇家保護人員還是抵不過繁瑣的官僚體制。」

相對於特警們的輕鬆態度，法耶德安全小組的人都摒息以待，他們幾乎不敢相信此地民眾的情緒如此高昂。有些同事說王妃並非總是這麼好脾氣——有時也會發飆，特夫從她的司機那兒聽到，她有時候會很緊張，稍不如她意就會被開除。

不過特夫在十天假期中見到的黛安娜，的確十分隨興，未施脂粉而且很健談，連站在她旁邊的特夫都不得不和她聊上幾句。

七月十五日時，當黛安娜聽到她的好友——義大利名時裝設計師齊安尼．凡賽斯（Gianni Versace）遇害時，特夫看到了黛安娜嚴肅的一面。「我不記得是誰開始談到這件事，當時我正在準備車子外出，我碰到黛安娜跟哈利小王子說她必須飛去參加葬禮，她真的十分難過，我只記得我對她說晚上再去遊樂場玩吧！」

記憶中黛安娜多數時間還是很開朗的。克茲說：「她總是會取笑我的穿著，會說你非得穿這麼緊的短褲嗎？不能穿大號一點的嗎？我只有回她說我喜歡像這樣貼緊的褲子」。

自從車禍後，老法耶德說黛安娜只有和他們這種普通家庭在一起才找到真正的快樂，其實孩子們也是在渡假時才表現得像個真正的小孩。像有一次哈利小王子和法耶德最小的小孩歐瑪爭吵，互不相讓，甚至還打起來，但哈利的保鑣在一旁也沒插手，小孩子還是得像小孩子，可是媒體卻對此大加渲染。

不過法耶德所謂的正常家庭，其實在克茲眼中還是異於一般人。「拿多迪來說，他就有點揮霍，老法耶德是很積極的人，但多迪就因為沒人管而有點散漫。」

多迪對女朋友凱莉・費雪也玩了些花招。她在對法國法官作證時說，多迪在七月十六日派飛機載她來聖卓佩茲，然後就把她藏在另一條船上，自己去陪伴王妃一家人。同事們都說凱莉・費雪在庫荷號（Cujo）船上，特夫說：「好幾個晚上，在多迪、黛安娜和海妮夫人在撒卡拉號（Sakara）船上小酌後，我們會護送她們回別墅。我並沒陪在多迪身邊，因為黛安娜發生危險的可能性比較高。就我所知，多迪便會跑到庫荷號去，不過我從沒見到凱莉・費雪本人。」

但服務主管黛比・葛莉波看到了。她說：「一天下午我見到多迪和凱莉・費雪臨時來吃午餐，在我忙著招呼的時候，他們突然出現，我想他們是從庫荷號過來的，當時我不知道她是誰，不過態度很嬌縱，記得她說：『我現在就要吃飯！我不要喝，只要吃東西！』顯然很生氣的樣子。」黛比確定多迪常上庫荷號去，但卻是睡在尊尼卡號上。

雖然凱莉・費雪對多迪找藉口刻意將她和他家人與王妃隔開很生氣，但聲稱是幾週後才在洛杉磯時報上看到多迪和黛安娜玩水的照片，才知道他們兩人是朋友，凱莉・費雪成了媒體的第一個受害者。

當老法耶德認為多迪和黛安娜可能發展出愛情時，派了公關麥可・科爾（Michael Cole）去想辦法解決凱莉・費雪的事。即使她和多迪已論及將在八月九日成婚，但仍逃不了自老法耶德面前消失的命運。雖然不像多迪的作風，但凱莉・費雪的確受到了無情的欺騙，但她跟這整件大事並無關聯。

特夫本人認為，多迪一開始對黛安娜展開的攻勢並不順遂。一天晚上，多迪突然說要到俱樂部去，特夫根本來不及先去安排，而媒體幾乎就在他們剛抵達便蜂擁而至。這是一家在海岸邊的小俱樂部，「裡面一個人都沒有，顯然多迪認識老闆，老闆可高興的要死，多迪包下了整個地方，只有幾個保鏢靜坐在角落喝著飲料，於是多迪和黛安娜就在裡面跳起舞來，在這麼小而簡陋的場面下看起來有些尷尬，不過他可真有一套。」

第二天大家笑說多迪跳的真爛，連黛安娜也在笑。多迪堅持再去一次，這次就熱鬧多了。在把小孩送回去後，只剩特夫和司機陪著多迪、黛安娜和海妮夫人，「我可是一人要保護三個人，真的如坐針氈一樣緊張。」

與其說是老法耶德逼的，倒不如說是多迪自己願意和黛安娜在一起。「多迪和黛安娜毫無疑問地有很多話說。老實說就兩個人的個性來看，我也覺得不可思議，不過她似乎被多迪所吸引。他們在跳舞的時候，我一個人坐在角落，海妮夫人還坐下來和我說話，真是很不尋常。」

其實該說是震驚。法耶德和黛安娜一家剛抵達時，都是海妮夫人在負責指揮張羅。當同事們大家滿頭大汗的卸下行李，王妃還上車來親切地向大家致謝。可是海妮夫人卻說沒有必要這麼做，你真該看看當時黛安娜臉上的表情！

另一晚當他們在撒卡拉號船上喝酒時，海妮夫人又上前來與特夫閒聊。當時特夫守著船上唯一的出入口，突然間海妮夫人走出來，只留多迪和黛安娜兩人在裡面，看來像是受老法耶德的刻意安排，但誰知道？「也許她只是出來透透氣，也許她覺得自己在裡面聽著和她無關的對話很無聊。」

七月二十日週日，王妃一家飛回英國。本來週五就要走的，但被慰留下來多住了兩晚。小王子一回倫敦後就要去蘇格蘭和父親共度八月份，法耶德一家要去芬蘭海妮夫人的家，多迪則留在聖卓佩茲和凱莉・費雪在一起，黛安娜於七月二十二日參加凡賽斯在米蘭的葬禮時，多迪和凱莉乘船在地中海旅遊，他們在七月二十三日飛回巴黎，當時凱莉還一心以為將會在八月嫁給多迪。

法耶德告訴保鑣們說，在返回倫敦前可以再多住幾天，大家手上都有些零用金，特夫和幾名同事再回去俱樂部坐坐，特夫看到俱樂部還是沒變，不禁對多迪的用心感到好笑。「多迪盡力了，但還是很尷尬。」克茲倒說：「我想多迪才沒那麼用心，是他的父親太心急想撮合，王妃也只有順他的意。」

最後幾天大家都在說多迪和黛安娜愈來愈有進展。當然黛比也確定這個夏天倆人的確產生感情。但克茲說：「我們同事則是更了解黛安娜和小王子，她和多迪間的事都是玩笑而已，我承認她和兩位小王子都是很棒的人，大家都是這麼想，而且不只是在鏡頭前，她比起多迪來說能幹太多了。」

就在各大媒體爭相為銷售黛安娜的照片大賺一票和熱烈討論她是否該接受這次的邀請時，卻未談及這段愛情，甚至一開始也沒談到多迪，後來慢慢開始有人提及，但都沒有證據，特夫不相信倆人有愛情出現這回事。

十天的假期對特夫來說，是他看到了兩個家庭間的差異。當特夫在電視上看見老法耶德說到這次的聖卓佩茲之旅，說到黛安娜如何對法耶德一家這種她從未有過的平凡生活感到舒服，特夫的反應是：「胡扯！我所知道的平凡家庭不會邀請皇室成員，也不會在聖卓佩茲有別墅，更不會有五十呎的大遊艇。」

在特夫的回憶裡，看到的是媒體所沒見到的場面——在遊樂場時候的情景、沒有攝影師環伺的王妃四處漫步、開玩笑與兩個孩子嬉戲和王子天真無邪的玩耍、捉弄特夫的襯衫，黛安娜能夠享受到這種平凡的時光有多麼不容易。回想起來，這可能是她與小王子們最後在一起的快樂時光，從他們去蘇格蘭後，黛安娜就再也見不

第三章　媒體壓力襲來

在從法國回來後第十天，特夫再度於八月六日回來工作，而且發現到原來擔任多迪保鑣的工作有了變化。從前他載著上街的「無名小卒」，如今已成了鎂光燈的焦點，如今特夫要面對追逐黛安娜的一大批狗仔隊員。上班的第一天，多迪和黛安娜剛從義大利薩丁尼亞（Sardinia）回來，這是他們自聖卓佩茲回來後的第二次出遊，「當我知道他們倆一起去渡假時，整個人有好像被打了一巴掌的感覺。」

多迪在送凱莉・費雪回洛杉磯後，就展開了對黛安娜的追求。七月二十五日星期五，他用哈洛德的專用直昇機載黛安娜去巴黎作第一次約會，在三星級的盧卡斯・卡頓（Lucas Carton）餐廳共進晚餐，並在麗池飯店過夜。六天後，他們飛往地中海，在尊尼卡號上共享一週的兩人世界。

特夫的第一個任務，是在倆人回來時去巴特西直昇機場迎接。特夫希望向黛安娜道謝，因為她為了他在聖卓佩茲時的工作而寫了張感謝函，「感謝函還留在我的辦公室裡，每個同事都收到一張。」雖然是標準的客套話，但在下面附有她的親筆字，信首蓋有肯辛頓皇宮的金黑相間印戳，日期是一九九七年七月二十三日，也就是她從聖卓佩茲回來後的第三天。在給特夫的信中，她親手寫了「特夫・李斯瓊斯收」並簽上名，她在信中感謝特夫於假期中對她和小王子的照顧，並對因為她的出現使他的工作變得困難感到抱歉，信尾還有小王子對他的大襯衫開玩笑。

在黛安娜跟特夫打招呼後，特夫說：「夫人，我謹代表所有同事謝謝妳的信，真的非常感謝，大家會好好珍藏。」

第二天對特夫來說可是糟糕的一天。八月七日天黑不久，一輛大型的黑色寶馬轎車停在往多迪公寓的一條出入道路上，監控人員從安全攝影機上看到後，便報告有攝影師等在正面和側面出口伺機拍照，特夫和另兩名同事只有待在屋內閒晃，不想在街上引起媒體騷動，在確定守候者不會擋住路後，特夫才用電話叫喚黛安娜的司機進來，只見她坐在前座，也沒有隨行保鑣。

「攝影師們認得她的車和車牌」，當他們一看到她的車子，鎂光燈便開始閃個不停。特夫趕忙上前替呼吸急促的黛安娜開路，黛安娜身著一襲禮服，全身經過日光浴地肌膚明亮動人，特夫當時並未注意到她的穿著，而是從第二天的早報上看到她穿的是藍色洋裝，羞靦的微笑照片登在各大報上——這可算是這段情史中所拍到的最好照片。

法耶德座落在公園道六十號的辦公室和公寓，隱藏在樓下是汽車商的大樓中，監控中心和安全小組也都在此，一家人和多迪的公寓共用同一個廚師和人員，黛安娜會從五十五號進去，然後再進入多迪位在六十號的公寓。

大樓內部守備森嚴，「整座大樓可謂滴水不漏，前門有安全人員，還有夜間守衛，到出口都裝有監視器」，所有的影像都接到監控室進行二十四小時監視，「只要沒人打瞌睡，這座大樓是再安全不過了。」

多迪為安全起見叫了晚餐進來。第二天報上登出了侍者端食物進入大樓的照片，斗大的標題寫著：「愛巢食物專送」。除了報紙外，還有書也提到此事：「多迪從隔壁的多徹斯特飯店叫進了高級外送食物。」特夫說：「其實食物是從哈利酒館送來的，才不是隔壁的多徹斯特飯店，因為去拿食物的人就是我和另一個同事，是我們從後車廂端出盤子走進去，雖然我不像外送小弟，但還是裝得不錯吧！」

時間接近午夜，在倆人用完餐後，特夫和同事坐著閒聊，等待多迪的召喚說：「我們要下樓來了」這表示我們要準備送黛安娜回家。結果突然蘇打電話來，特夫第一個反應是：「天啊！怎麼會現在打電話來，她從不會在他晚上工作的時候打來，一定有急事。」他接過電話，聽見蘇說：「我是要告訴你，我正和別人在一起。」

「是誰？」

「你應該知道的。」

特夫早就懷疑蘇有新歡，他大可找律師來辦離婚，「但我還是希望有轉機出現，即使當時我們分居，她還是說如果她有了新歡，一定會告訴我。我們都同意如果各自找到別的對象，應該要告訴對方，可是她在我工作時打電話來，我完全崩潰了。」

當其他人正在警戒時，特夫在電話上喊著：「妳正在做什麼！真不敢相信妳會這麼做！」

多迪的電話快來了，而特夫心情卻一片混亂。「最讓我受不了的是，她竟然無視我的工作，在我準備要應付王妃離去時來擾亂我。」情況真是諷刺——一個希望破碎的人，正準備要送一個開始墜入愛河的王妃返回皇宮。

特夫甩下電話，用拳頭重重敲打著門，驚動了兩名正在監視電視畫面的同事。

「他們知道發生了什麼事，因為同事們都很親近。」

當晚小組主管原本要派另一名司機接特夫的班，但很快地特夫就恢復了。「我掙扎了好一會兒，可是一旦工作來了，我很快就忘了蘇的事。」

這是特夫第一次和黛安娜在倫敦同乘一輛車，監控室傳來說，前門和車庫口有很多攝影師。多迪陪著黛安娜走到車旁，特夫看著她進入車內。車庫門一打開，外面簡直一片混亂，到處都是攝影人員，鎂光燈亮到讓你張不開眼，車窗邊的照相機也閃個不停，有記者說車子壓到一名攝影師的腿，但特夫什麼也沒看見或聽見，「那些人向我們撲來，要真有人受傷，我只能表示遺憾。」

原本開車的安迪要求特夫替他開車，因為他沒真正見過黛安娜。「怪事是你能很快適應保護像黛安娜這樣的人，當時我已經習慣了，不然情況一旦失控就糟了。」

特夫指揮司機沿著公園道向南開去，轉進騎士橋穿過海德公園，在肯辛頓花園右轉向通往肯辛頓皇宮（Kensington Palace）的車道。

就在車子進入往皇宮車道上數百碼，後座傳來了黛安娜的聲音：「我要爬過去了」「好的，夫人」。特夫只見黛安娜的一雙長腿和身子慢慢弓起移向門邊，這可是威爾斯王妃耶！

車子開抵擠滿了攝影師的門口，最後停在禁止進入的招牌前。守衛跟特夫打了招呼，只見黛安娜搖下車窗，探出頭來說：「只有我」。於是守衛開了柵門讓她們進入。黛安娜一邊跑上階梯一邊對特夫說：「謝謝，特夫，明天見」，然後消失在門後。司機第一次見到這麼真實的黛安娜，真的不敢置信，頻邀特夫去喝一杯，要不是在值勤，特夫想想喝一杯其實也不錯。

回到辦公室後，特夫回想著過去發生的整個情況。他努力地找出所有登在頭版有關黛安娜和多迪戀情的照片，從聖卓佩茲回來後，這些報導多得讓他吃驚。「同事許多人都是第一次這麼全神貫注，公司上下從來沒這麼緊張過，突然之間黛安娜有了新歡，全世界的人都很感興趣。」

自此後，舉凡多迪和黛安娜所到之處，全都被人群包圍，公司對多迪所受威脅的評估也上升十倍，非得加強安全保護不可，像是隨行車增為兩輛。「我滿喜歡這種情況的改變，新的挑戰讓工作更有趣，總比沒事無聊要好，所有的同事都出動了，但能直接跟多迪講話的只有我，因為只有我是他的貼身保鑣。」

八月八日，黛安娜前往波士尼亞抗議該國裝設地雷。特夫本不應該評論多迪的私生活，但很明顯地多迪急得如熱鍋上的螞蟻。雖然黛安娜只去兩天，但多迪一直想盡辦法要和她取得聯絡，「他要她帶著電話，這樣在她出國時倆人才有辦法通話，就在她快啟程時，我們弄到了一隻衛星電話，所以我只有趕忙衝到機場把電話拿給她，她搭的不是皇家專機而是私人飛機，好不容易終於在飛機快起飛前送到，結果她其實根本不需要用到衛星電話，普通行動電話就夠了。」

黛安娜從波士尼亞回來的那天，沉寂一陣的媒體又開始騷動起來。曾是凡賽斯個人攝影師的馬利歐•布雷納（Mario Brenna），在多迪與黛安娜前次搭尊尼卡號出遊時，捕捉到許多精彩鏡頭，他在薩丁尼亞的海灣發現尊尼卡號，用他的高性能照相機拍下了倆人穿著泳裝的親密照片，到底布雷納是黛安娜還是法耶德派去的，目前仍有爭議。照片影像有些模糊，看不出是擁抱還是親吻，但對布雷納來說，它們可是價值一百萬美金。八月十日週日清早，這些照片獨家刊在各報攤都有售的週日鏡報（Sunday Mirror）上，標題是兩英吋的大字「親吻」；下面的小標寫著「躺在愛人懷裡的黛安娜，終於找到了幸福」，看來多迪從前私密的生活如今也不保了。

多迪忠心的管家雷內•德龍（Rene Delorm）也於當天從巴黎被召喚前來。顯然小倆口一起在家裡用餐的機會愈來愈多。過去七年來替多迪管理他在比佛利山和巴黎住所的蕾妮現在來到倫敦，發揮他替多迪營造羅曼蒂克氣氛的本事——銀色餐具、蠟燭、魚子醬、背景音樂、主人最喜歡的酒和雪茄，從布魯克・雪德絲（Brooke Shields）到茱莉亞・羅勃茲（Julia Roberts）等好萊塢大明星都曾是座上賓。

特夫的問題還是在於多迪難以捉模的特性。他不知道多迪打算在黛安娜從波士尼亞回國後，就帶她去法耶德家在奧斯塔德（Oxted）的住宅。八月十日下午，特夫、雷內和多迪小倆口正趨車前往奧斯塔德，沒有他父親在一旁，想必多迪可以在此享受隱密性，這也沒錯，戀情一定得有些遺世的神秘感才好。

雖然門外還是有一些攝影師在守候，但房子裡卻是安全舒適。特夫雖然常常在星期天下午載多迪來此與家族共進晚餐，但此地每次都讓他覺得印象深刻。巨大的伊莉莎白式豪宅被四週的綠蔭、馬匹和花園點綴地如圖畫一般，充滿典型的英國鄉村風格。老法耶德花了數百萬英鎊修整房子裡的橡木房間、蓋了座巨型游泳池、養馬，鋪設了數英畝大的花園，還替孩子們建了個玩具天堂。

曾在此駐守過五年的克茲說：「法耶德會在所有的別墅外放一個白色的塑膠帳

篷，有點像英國式的阿拉伯帳篷，目的是不要受到其他人打擾。」在保鑣眼中看到的則是：占地五百英畝的別墅裡到處有守衛巡邏，安全人員和監視設備讓這個地方被守護得滴水不漏。克茲說：「誰要是在晚上不請自來，都會被視為侵入者。」

雷內準備了一頓豐盛的燭光晚餐，有美酒和魚子醬，擺設在屋外的一處秘密花園中。他和特夫一樣，對最後一分鐘才知道要去別的地方感到不悅，因為他不喜歡將美酒和食物到處搬來搬去。

多迪的時間觀念並沒有因與黛安娜約會後而改善，當然特夫也沒辦法告訴多迪要學著看錶和守時。「好的一面是，突然間我可以多提些建議，我想多迪也了解這一點，事情就是這樣。」

辦公室裡的安全計劃也大幅增加。「狗仔隊會對有多迪或黛安娜在裡面的車子猛拍照，而我們則是盡量保持倆人的隱私，我們不想一路上都被狗仔隊跟蹤，所以我們有了一些分散媒體注意的安排，但是要在盡可能安全情況之下，出門時都會開兩輛黑色車窗的車子，希望讓媒體人員弄不清楚他們在哪輛車上。出發時間也是在車門快開啟的那一剎那才作最後決定，監控室會看著佈滿的攝影機，然後告訴我們可以出發了，這時我們就會快速開車離去，而不是在車內空等。」

反過來說，要將黛安娜從肯辛頓皇宮接來公園大道而不被追逐，則需要用更多的技巧，於是他們想出了擺脫媒體的方法。「要是我被告知王妃晚上要來，我會打電話給她的司機，問他今晚是否要送黛安娜過來。如果是，我們就會約好時間在一條安靜的街上見面。我方開著一輛豐田廂型車，在路途上還會故意繞路，以確定沒被狗仔隊跟蹤。到了指定地點，我會等著對方出現，黛安娜的司機在快到的時候會打電話來，然後他停好車，黛安娜下車直接進入我們的車後便立刻開走。」黛安娜的司機曾是蘇格蘭警場的保安官，對甩開狗仔隊很有一套，也常傳授特夫這些技巧。

「我忘了進門時要她低下身躲起來是誰的主意」，後來這就成了習慣。快到公園道公寓時，特夫會用無線電跟裡面的同事聯絡，兩分鐘後無線電傳來「月亮」（moon）的暗號，代表可以把車開過來。接近入口時，特夫會下「光線」（beam）的暗號，控制台的人必會打電話到車上說現在沒人，於是我們就直接開進車庫。只要一接近南街（South street）的時候，特夫就會說：「夫人，我們快到了。」於是黛安娜會吃吃笑著趴下，等待車庫的門打開。時機非常重要，攝影師們一見門打開，便會開始相互通報，但是見不到黛安娜，「那些人從不會跟著我們進入車庫」。

「黛安娜總是對這種行為感到好笑，我想她還滿樂在其中的，再來我會帶她上到多迪的公寓，有時候我和她會談幾句，但只是普通的交談。有一次我們講到了星際戰警（Men in Black）這部電影，她說帶孩子去看過，但她不喜歡。我反倒覺得那部電影滿好笑的，她還說如果她早知道，就不會帶孩子去看一些限制級電影，我覺得和她聊天滿愉快的。」

多迪和黛安娜在奧斯塔德享受了快樂時光，很快地就又安排了另一場冒險，這次讓特夫的心情由失望轉為震驚。原本他和多迪要和黛安娜碰面飛往奧斯塔德，卻臨時被告知計劃有變，倆人要轉往別處，而且不讓特夫隨行。他們要去哪？行程表上根本沒寫。「我想我應該與你們一道」「不必了，我們會在奧斯塔德和你碰面」無奈之下，特夫只有向辦公室回報他們倆人上了飛機，但目的地不明。

機師也是在倆人上機後，才知道要飛往何處。「他一切都計劃好了，包括路程和降落地點，機上只有他們三人，什麼保護都沒有。」特夫只得趕往奧斯塔德，準備等待飛機降落——至於從哪裡飛來只有天知道。

其實，多迪是帶黛安娜去見在德比夏（Derbyshire）的靈媒麗塔・羅傑斯（Rita Rogers），離倫敦約一小時的飛行路程，黛安娜讓多迪分享了她生活的另一面——對占星家和治療師意見的需求。

如果多迪真的想保有隱私，那他的確作得很差勁，他對身邊最親近人員的不信任，很快就讓他吃到苦頭。機師不知道該在何處降落，黛安娜也認不出靈媒的房子，可哈洛德的專機早被在過去二週於報上見過的人們給認出來。直昇機一降落，興奮的家庭主婦和小孩子們便蜂擁而上，爭相拍照攝影，當天就在晚間新聞播了出來。

直昇機飛回奧斯塔德時也被發現，儘管特夫和其他同事安排了不同的降落地點，狗仔隊的長鏡頭早就架好在別墅後方的高地上。「多迪對他們抵達此地的事被發現很不爽」，連老法耶德的公關麥可也對多迪說：「多迪，你應該知道你現在是炙手可熱的人物，他們會不斷跟蹤你，不花腦筋也知道你會去哪兒──奧斯塔德、公園道公寓、肯辛頓宮或哈洛德百貨，就這四個地方而已。」

特夫知道他們去找靈媒後也很不悅，但他不得不承認，這份工作本來就是要讓主人生活能順暢隨意。一下直昇機，多迪和黛安娜倆人就急忙進入屋內，「當時他們就好像在玩遊戲一樣，倆人似乎都玩得很高興。」

次日多迪和黛安娜離開時，免不了又是一場躲藏追逐，還好有一輛農車擋住了狗仔隊，一行人才在沒有媒體的跟蹤下返回倫敦。

當晚倆人準備觀賞「空軍一號」（Air Force One）的試片會。出發前廚師弄了頓簡單晚餐，秘書也告訴特夫先去準備好，這種活動特夫已經碰過很多次了。由於是上映前試片會，他會先開車去電影公司拿影片，然後帶去戲院。「一部片子共有八、九捲，真是夠重的，我都會提早去拿片。但多迪不喜歡我這麼做，因為這是還未上映的片子，萬一弄丟，可是損失不皆，但因為黛安娜也在，我可不願在陪她到戲院的時候，手上還扛著這些東西」

赴戲院途中，就在多迪和黛安娜聊著電影的同時，特夫則是全神貫注在擺脫媒體上。他不斷用無線電和支援車輛聯絡，一旦發現狗仔隊，街上支援車便會上前阻擋，還好到達時，街上不見攝影師的蹤影。「於是我停好車，看了一下四周，然後很快送他們進去。」

「停好車後，我通常會沿著牆進去坐在最靠門邊的位置」沒想到多迪已經安排黛安娜坐在特夫的位置，害特夫差一點坐在黛安娜的身上。除了這一點小差錯外，其他一切安好，特夫感到安全工作已經做得愈來愈好。

一如往常，看完電影後他們又送黛安娜回皇宮。守衛照例檢查了一下車子，在黛安娜向守衛說「只有我一個人」之後，車子便通過開向皇宮。

有黛安娜在車上，好處之一是多迪不會再向特夫嘮叨。「快一點、慢一點、做這個、做那個」，多迪和黛安娜倆人處得很好，也交談很多，即使倆人都常在講行動電話，公開場合不會出現親密動作——倆人都不願這麼做。「他們似乎很親近，喜歡有對方作伴，有人說要是他們真談起戀愛，至少要派個四人小組保護。」特夫自然會是小組領導人的不二人選，有這種工作真不錯。

但對特夫來說，活動突然間卻停止了。黛安娜在八月十五日和她的好友羅莎・蒙克頓（Rosa Monckton）前往希臘渡假，這是先前早安排好的，而且沒有帶安全人員。黛安娜好像接受了法耶德扮演她旅遊經紀人的角色，從原本的客機改成搭專機，法耶德的好意，也讓黛安娜的行蹤能夠被掌握。

此刻多迪則是飛往洛杉磯，試著在凱莉・費雪開記者會的前一天安撫她。早在幾天前，從報上大幅刊登多迪和黛安娜的照片和故事，費雪就注意到他們倆人的事。之後在她向法國法院作證時說：「我和多迪的關係只維持到八月七日」她自承在那之前，還一直準備要舉行婚禮。她說：「婚禮原訂在八月九日，一切都很順利，我每天都和多迪通電話，直到媒體登出了多迪和黛安娜的照片。」黛比・葛瑞波早就察覺不對勁，據雷內向她透露，凱莉・費雪不斷向他打探，多迪是不是和黛安娜一起乘尊尼卡號出外航海。

全球媒體的渲染讓費雪氣憤難當。在八月十四日的記者會上，她請的名律師葛洛莉亞・歐瑞德（Gloria Allred）宣稱「凱莉從媒體的親吻照中得知法耶德先生背叛她」，她威脅著將控告多迪背信。

當黛安娜還在希臘的時候，特夫得知多迪和她將在八月二十一日再度乘尊尼卡號出遊十天，而且只有他們倆人。「我本應該休假，換上另一名同事值勤，但那個同事不願意出差兩個星期。」其實尊尼卡號和倫敦相比，要來得更寧靜安全。「蘇先前的電話，讓我覺得回家已經沒什麼意思，此刻我還滿喜歡工作的，於是我自願以加班型態前往。」特夫說。

特夫問其他同事，有沒有人想與他同行。他聽說上次的短程旅行中，多迪和黛安娜單獨出遊，只留保鑣強森一人在船上，雖然強森沒抱怨，但還是有點沮喪。

「老天！千萬別讓我一個人去，一個人要保護倆個人是不夠的，尤其他們的戀情正是新聞焦點。」

「克茲要去」「只有他嗎？我還需要幾個人手」「就只有他」，主管向特夫確認。

不過這種情況也不錯，特夫想著：「在倫敦我不過是眾多安全人員中的一名司機，但在尊尼卡號上，可是由我自已作主，反正再怎麼樣也有克茲和我作伴。」

出發前，特夫有三天時間回家休息一下，他告訴母親會出差兩個星期，馬上她就知道他是和多迪和黛安娜一起在尊尼卡號上。

多迪在八月二十一日回到倫敦，黛安娜也在當天搭法耶德專機自希臘回來。她趕回皇宮收拾打扮，再搭直昇專機到史丹史塔德機場，當時已快天黑了。

特夫和多迪在機場碰面，他已經將行李全送上專機，作好了各項檢查，確定沒少帶任何東西，飛機起飛前往尼斯，隨行的還有雷尼。

已和法耶德家人在聖卓佩茲的克茲，被老法耶德叫去海灘上，領了幾百英鎊的小費後被告知要出差三天。由於是被命令前往，克茲因此不太高興，原本該放的假又得再延，馬術大會也去不成了，另外他也被告知同行保鑣只有特夫一人。

「應該再加些人手」克茲說。「不、不，我們要保持低調」老法耶德堅持著說。「只要確定他們玩得愉快而且安全」克茲不太懂，一個這麼注重安全保護的人，竟只派兩個人保護自己的兒子和威爾斯王妃，不過反正也只有三天。

第四章　最後的旅程

克茲帶著多迪和黛安娜倆人下車準備上船，尊尼卡號早已等在岸邊。克茲如往常般和黛安娜打了招呼，黛安娜也親切回應。不久只聽見多迪向克茲用命令的口氣說：「給我宰了那王八蛋」，他指的是躲在一旁的攝影師。克茲和船員們都嚇了一跳，多迪竟會在黛安娜面前發飆，旅程都還沒開始，當場克茲只求多迪的脾氣不要破壞氣氛。黛安娜無視多迪的話，逕自由克茲領上船。在很快地安頓好黛安娜後，克茲跑去叫那名攝影師滾開，不一會兒尊尼卡號便啟航出發。

「船上的人員太少，我們總共才三個人，還要負責一大堆行李，這本來是應該有人去負責的，可是他們不信任自己手下，要是我把行李掉在飛機上，肯定被炒魷魚，我沒被告知多迪和黛安娜會受到身體上的威脅，只要讓這次旅行保持低調，但眼前的問題就是那些攝影師。」

其實早已有狗仔隊的人守在一旁。幾小時前，克茲就注意到幾艘小船等在港口旁。「有人付錢請他們來的，只是不知道是誰。」

接駁船駛向尊尼卡號的速度飛快，媒體的船想攔截都沒辦法。特夫心想，就保持這樣子，一切按老闆指示「保持低調」。

船長一直向南開了數小時，約在清晨二點於聖卓佩茲下錨。早上九點二十分，船又駛往龐波娜灣（Pamplona Bay），此地較方便於接駁小船停靠。船長告訴特夫，要送多迪和黛安娜去別墅，特夫想他們應該是去和法耶德一家吃午餐。

但多迪不要保鏢們跟去，「他們大概不想讓兩隻大猩猩一直跟在身邊」，特夫了解，但不太喜歡這樣子。約在下午四點，特夫看著他們上岸，還有兩艘狗仔隊的船跟蹤，聖卓佩茲的人員已經在岸上備好車子接送，特夫接到電話：「人接到了」，不久電話又打來說他們已經到達別墅。

雷尼和黛比在船上忙著準備好音樂和蠟燭，就等多迪兩人回來。特夫感覺雷尼太過週到，該留點空間才對。

三小時後，多迪和黛安娜回來了，狗仔隊的船還是在一旁守候。

離開龐波娜灣數小時後，法耶德的安全系統已經脫離控制範圍。此時只剩特夫和克茲兩人負責保護黛安娜的安全，對搶得先機的攝影師來說，可是發一筆不小財富的機會，但特夫認為只要不下船就一切安全。

特夫負有全責，但全不知船要開向何處。「碰到這種旅行時，你會希望知道總共花費幾天、要去哪裡、日期和目的等等，但我們一無所知。」法耶德家就是喜歡神秘。黛比也承認：「像在這種豪華遊艇上，主人只會給船長和船員一個大概的時程表和航行計劃，可是依照法耶德的習慣，有什麼計劃和客人等等是不讓任何人知道的。」

尊尼卡號永遠是獨自出航，背後尾隨著媒體小船隊，就好像趕不走的蒼蠅。

特夫對這次航程頗為樂觀，有了在倫敦的經驗後，他已經有了應付狗仔隊的信心。那些人是甩不掉的，他們有他們的工作，而且反正來都來了。特夫學到的最好辦法是和他們聊聊，設法取得合作，與他們為敵十分不智。克茲也同意，雖然趕不走他們，但情況是可以控制的。

出海後的第一天晚上，克茲和特夫自告奮勇守夜，也就是檢查船錨，注意雷達，確定船沒有漂動和巡視甲板。「船員似乎不太夠，於是我們認為該幫點忙，原本主人們就寢後，我們的工作就該結束的。」特夫和克茲輪流自午夜開始值班，每人二小時，一人守衛時，另一人就坐在船長室椅子上睡覺。「保鑣只有我們兩個，白天我們得有充沛精神，可是整天工作就長達十八個小時還要值夜班。晚上只小睡一下，又要開始另一天，真希望人手多一點。」但特夫知道，找不到訓練有素的保鑣可以勝任這份工作。

儘管很累，但克茲告訴自己撐過這三天就好了。特夫在上船時曾警告他也許不只三天，但他還是寧願這麼想。不管多睏，只要黛安娜一出現，他又變得全神貫注。

黛安娜每天早上都比多迪早起，約在八點左右來到甲板上。她都會見到克茲用望遠鏡觀察狗仔隊動向，並問他：「今天又看到什麼了，克茲？」然後我會把望遠鏡給她，跟她開開玩笑，有時候黛安娜也會吃吃地笑。一天早上她穿著迷人的泳裝出現，看見海上有不少攝影師後隨即走開，換了另一套泳裝才又再走上來。克茲觀察到，在攝影師面前的黛安娜，從不會顯露憂鬱的一面。

多迪就沒那麼放鬆。八月二十三日，即船出海的次日，整天都有三艘小艇跟在後面，還有直昇機不時在頭頂上盤旋，多迪不堪其擾，走到船長室找船長路易吉。「有什麼好辦法？」路易吉只有聳聳肩。對方還保持在可能造成危險的範圍外，雖然直昇機在船開入大海後就不再出現，但小船還是緊緊跟著，像是鯊魚一樣，多迪欲擺脫他們而後快。

特夫當天多數時間都待在駕駛室，因為那裡的視野最好，同時還可以從路易吉口中得知多迪的行程計劃。通常每天早上多迪會和船長談好今日航向，然後一改再改，使得特夫只有在下錨後才能向倫敦回報位置。當天下午二點五十五分，船在蒙地卡羅西方的聖瓊卡普法納（St-Jen-Cap-Ferrat）。

當時有兩艘小船就停在旁邊，特夫認為船上應該夠安全，所以決定和克茲上岸去看看。和他們一同前往的服務主管黛比說：「多迪要我將船上鋪滿鮮花，這對遊艇來說不太實際，因為每樣東西都需要固定妥當，不適合使用花瓶，我得在開船前買好大量的花，然後裝飾在整座遊艇中」

這天晚上，多迪又有意外之舉。特夫和克茲原以為等多迪和黛安娜上岸散步後，可以在船上享受一個安靜的夜晚。被別墅群點綴的岸上丘陵陸地美得令人摒息，難怪多迪非上岸去看看不可，但特夫知道上岸勘查一定是件苦差事，原因是房子座落的山丘坡度頗大，雖然時間緊湊，但他還是得先去把環境弄清楚，誰叫這是主人的假期。於是特夫和克茲穿好衣服，帶著無線電話，跑向接駁小船準備上岸。

就在船長路易吉緩緩放下小船時，一行五個人不敢相信四周黑得連彼此都看不見。「等需要你來接的時候，我們會用無線電聯絡你」，特夫在上陸時用無線電告訴船長。然後只聽見黛安娜大叫：「我的天！」原來是一名狗仔隊的人架好相機等在前面，黛安娜認得那人，顯然他有不少「作品」，因此我們又都匆匆回到船上。路易吉把船開到港口另一邊，在確定四周沒有狗仔隊後，終於才展開街道散步。黛安娜的步伐輕快而自由，在高斜度的街道上如履平地，多迪則吃力地跟在後面。「他們邊走邊聊，但多迪似乎有點喘不過氣來」，雷尼則是四處東張西望，裝得好像是保鑣一樣。

八月的街上到處都是遊客，特夫和克茲試著讓多迪和黛安娜避開擁擠的街道。經過一些商店和酒吧，才看了一兩眼，就因為黛安娜被認出來而不得不趕忙離去。特夫想著：「多迪一定會想找個地方喝一杯，吃點東西或好好地逛幾家店。」

「老實說我真想喝口水，但多迪好像不想停下來，他非常擔心被認出來，或受到騷擾。」多迪根本沒有目的地，只是一股腦兒地亂走。據上次同行的保鑣說，幾個星期前他們在蒙地卡羅街上也是如此。

特夫和克茲始終保持尊尼卡號在視線範圍內，以方便需要時可以快速逃離。

黛安娜只是一直大步走著，她好像非常享受這種難得、沒有預先安排的自由。

特夫從她自希臘回來後告訴他的話中，知道她受夠了媒體。他看著她每走過吸引人的餐廳和酒吧，總是低著頭深怕被認出來。「老實說；我真的有點同情她。」

原本的散步變得好像行軍。從海上看起來這麼漂亮的街道，沒想到走起來竟是這麼辛苦，一直走到看到路標，一行人這才驚覺他們正朝法國前進，港口已經看不見了，於是大家只得在昏暗的公車站牌下研究方向，身為專家的特夫也束手無策，此時黛安娜開始格格地笑了起來。「在這種情況下，不笑還能怎麼辦？我們竟和全世界最有名的女人一起被困在小公車站牌裡，真是個笑話！黛安娜笑的是多迪害大家迷路，還有剛剛的街上探險。」

多迪領著一行人往下坡路走向一處印象中記得的海灘旅館，一路上沒有和黛安娜交談。「我真想對他說，好好放鬆享受你的假期，我們會盡全力把你們照顧好。」

「來到旅館，我匆匆喝了點水，原以為一行人會進去坐在大廳等待安排接駁船。」誰知多迪只是在外面靠牆坐著，命保鑣向旅館經理要兩瓶礦泉水，等在外面的黛安娜，更使特夫感到她生活上受到的限制。

特夫打電話給路易吉，還好他知道這座旅館的所在，而且要開船來接他們，問題是要先打開鎖住的海灘大門。

一邊等著旅館經理找安全人員開門，克茲一邊和特夫聊著天，笑說若是把這種事告訴女朋友，一定當場被甩。

車禍前的蒙地卡羅之行，是各方咸認的重點。特夫在車禍後看過的二本有關黛安娜的書和報章故事，都說在八月二十二日或二十三日，也就是這趟旅行的第二或第三個晚上，多迪和黛安娜倆人來到蒙地卡羅的雷波西（Repossi）珠寶店，訂了一只二十萬美金的翡翠珍珠戒指，還要阿貝多・雷波西（Alberto Repossi）本人親自在八月三十日旅程結束時送到巴黎。據說這是多迪在車禍死亡當晚打算送給黛安娜的「訂婚」戒指。戒指確實是有，但購買的情況和目的都隨著那一晚的車禍悲劇，跟著戒指一起永遠神秘地消失。

特夫和克茲都堅決否認，多迪和黛安娜曾在旅程中去過雷波西珠寶店。他們只有在八月二十三日上岸去過蒙地卡羅，也就是旅程的第三晚，但並未去任何珠寶店。他們雖曾在前一天晚上去過聖卓佩茲，但前後不過三小時，也沒有時間讓他們去選購戒指。「何況我是負責安全的保鑣，主人們離開家去任何地方，隨行的人都必須讓我們知道，這是有嚴格規定的，所以買戒指不可能真有其事。」

另外想想也知道不合理。為什麼多迪和黛安娜倆人要放著舒適的別墅不去，而大老遠地費勁開車到蒙地卡羅？

雖然羅波西同意多迪和黛安娜在車禍前約十天來過他店裡的說法，但他本人當天因外出而並未親眼看見。

特夫懷疑，不論當天發生什麼事，買戒指一事只是為了渲染多迪和黛安娜的戀情，然後被未去查明真相的新聞記者利用。老法耶德放出這樣爆炸性的消息，不但可以證明黛安娜計劃嫁給他的兒子，也成了他「暗殺陰謀論」的主旨，除了在網際網路上引起廣大迴響，也有了對法國車禍調查人員的說詞，最後被歸罪的包括英國政府、菲利浦親王、卡蜜拉•派克•鮑威爾（Camilla Parker Bowles）及特夫等一千人。

儘管多迪和黛安娜在前次八月五日的旅程當中，曾去過羅波西珠寶店，但那並不符合老法耶德的「劇情」，說那一天去買戒指言之過早。買戒指一事雖然在車禍後幾天內便已傳出，但整個故事內容，是在老法耶德於一九九八年二月接受鏡報（the Mirror）獨家專訪時才全盤說出。他聲稱，黛安娜在車禍當天接受了多迪的求婚，而多迪也打算在倆人回到公寓後將訂婚戒指送給她。老法耶德還說「這只漂亮戒指是他出的錢，購買在車禍前一星期，地點是蒙地卡羅的羅波西珠寶專賣店。」

接著到了一九九九年春，老法耶德向每日星報（the Daily Star）透露了與戒指有關的「陰謀暗殺」情節：多迪和黛安娜原預定在九月一日周一宣布訂婚，並告知兩名小王子。美國中情局（CIA）根據監聽黛安娜好友露西亞・弗萊查・利瑪（Lucia Flecha Delima，駐華盛頓巴西大使的妻子）的電話，而於車禍前一天下午得知此事，於是中情局立刻通知英國情報局MI6。每日星報轉載老法耶德的話寫道：「英國當局發現多迪已準備好訂婚戒指後，立刻擬定暗殺黛安娜的計劃。車禍當晚，我的兒子和黛安娜在巴黎的唯一原因，是他將在那兒親自收取戒指並向她求婚，他們應該白頭偕老，戒指可作最好見證。」現在於哈洛德百貨展出的這只戒指，除了用來紀念多迪和黛安娜外，還成了引起政治和民族主義問題的陰謀論主角，不但使調查工作蒙上陰影，也牽連無辜的人。

但這些都是後來的事。旅程的第二天，尊尼卡號離開蒙地卡羅，停泊在波多費諾（Portofino），多迪告訴特夫他今晚要和黛安娜上岸用餐，這可是項挑戰。波多費諾是個美麗受歡迎的景點，黛安娜倚靠在船邊欄杆，看著孩童從山崖上玩跳海活動，像這種景緻愈好的地方，狗仔隊愈多，而且是非常多，於是特夫和克茲向船長路易吉要了——先岸上散步和找餐廳的意見。

在主人晨泳後，特夫和克茲便上岸勘察。「主人們保證會留在船上，唯一的風險只有船沉了，或是船丟下我們自行開走。」岸上有座小城堡，路有點陡但還不算難走，另一邊約半小時路程，有個景觀不錯的餐廳。在問明可穿便裝進入後，特夫兩人塞給侍者小費，並告訴他會在出發時通知他。由於找不到賓士車可用，禮車又太引人注目，最後找了兩輛能夠找到最棒的車，在進一步勘察了醫院和警察局的位置後，倆人回到船上。一般人不會知道，像這種為了一晚活動所做的行前勘察，就要花上一整天，這也是特夫和克茲在旅程中所作過最完整的一次。

「回到船上後，結果竟是多迪和黛安娜決定在船上用餐」克茲說。理由一看便知，當然更別提在如畫的風景裡，環伺著眾多攝影師成群地守在高地和海灘上。一艘掛著美國國旗的遊船停在港口，用接駁小船載遊客齊聚在尊尼卡號四周，遊客們都擠在船邊，希望拍到多迪和黛安娜的照片，這可不是他們的原本行程！特夫把先前的預訂全部取消，白花了一百英鎊。結果在整趟旅程中，多迪和黛安娜，未曾真正下船享用過一餐。

特夫回想：「多迪那一陣子神經十分緊繃，他太急於讓每件事都能順利進行，好使黛安娜印象深刻。」但多迪不信任他的手下，懷疑他們對媒體通風報信。遊艇經理馬利歐就曾被指控洩露出多迪和黛安娜八月初薩丁尼亞之旅的消息，因而遭到解雇，雖然船長路易吉向黛比否認真有其事。如今多迪又問特夫：「狗仔隊為什麼會跟著我們？是路易吉說的嗎？」多迪懷疑每個人。老實說，特夫和克茲認為船員都十分專業，但對這些各國人種組成的雜牌軍也並非完全信任。

隨著不信任感的日益增加，多迪越向保鏢隱瞞他的打算，特夫等人只有拜託兩名女船員告知有關多迪的計劃，以便能事先作好準備。黛比和多迪的私人按摩師蜜莉亞，就是與多迪和黛安娜最接近的人。「因為她們兩人都說英語，會找上蜜莉亞，乃是因為她是多迪的朋友。我會請她向多迪探聽一些消息再來告訴我們，同時也會讓她說服多迪照我們的意思去做，她對我們很有幫助。」

船長路易吉一直抱怨太累而無法再繼續開船。旅程的第三天，原庫荷號（Cujo）的船長史泰方諾被接來幫忙。「我和克茲兩人得做倆人以上的工作，都快要累垮了，而現在行程比預定的還長」於是他們打電話向倫敦求援，可是沒有接通，這可是身為法耶德家保鏢聲稱從來不曾做過的事。

隔天在晚餐過後，特夫又打電話去倫敦辦公室。「能再加派人手嗎？狗仔隊的跟蹤情況愈來愈嚴重了」，船上有直昇機停機坪，若真要派人，一小時內便可抵達。但結果是不准，之後他們再也沒打電話去要求了。

就連性情樂觀的黛安娜，也開始對狗仔隊的跟蹤感到壓力。隔天多迪和黛安娜去一個遊人較少的海灘散步，在一旁沙丘警戒的保鑣，看到了一名攝影師，他要求拍照遭拒後大聲叫囂。回到船上，黛安娜向多迪抱怨，連在海灘散個步都這麼困難，之後她還被看見在大廳中啜泣。

尊尼卡號上可算得上再安全不過。可是當多迪自己擅自離船下海游泳，事前未被知會的保鑣們皆怒不可遏，責備其他船員怎麼沒通知他們。「我先前就向船員們說，要是多迪下船游泳，一定要來告訴我們。」

特夫趕忙跳上小船，擋在多迪和攝影師船隊中間，「其實我不是要去幫他擋子彈之類的，而是他可能會淹死、被水上摩托車撞到。」雖然是多迪自己要和黛安娜一起出遊，但他似乎忘了自己已經成了公眾人物。

這個游泳事件，加上多迪從不對特夫透露任何事，使特夫忍無可忍。他拿起電話直接打給倫敦的私人保鑣主管保羅・韓利・葛瑞夫，向他抱怨多迪的行為，希望能傳到老法耶德耳中，當然多迪事後也一定會知道。

服務主管黛比從旁觀察到多迪的一些個性，「他喜歡享有控制權和指使他人」，黛比注意到多迪和他的父親一樣，喜歡身邊任何時候都有人隨侍在側。她和蜜莉亞都感到多迪缺乏安全感。過去，他會邀請蜜莉亞當女伴參加宴會，目的就只是為了有個伴，「我想他非常需要手下持續給他過份的照顧」。

任職多年的黛比，已經習慣處在這種稀有生活方式中而不自覺。她的工作就是要讓主人可以茶來伸手，有全副精神用來享樂、作日光浴、打電腦或行動電話等。要是主人們有絲毫不悅，就是她的失職。

「多迪和黛安娜很公開表現出親密舉動，有次我打開酒吧廳的電燈，發現他們正在接吻，而他們似乎不太在意，我也裝作沒看到，不過明眼人都知道他們不是在談生意」黛比說。

在臥房安排上，黛比說：「他們睡在大理石鋪成的主臥房，相當於整座船的寬度，兩側就是走廊。睡覺、沐浴、更衣都在裡面。」

克茲發現，其他船員不像保鏢一樣有挫折感，反而樂得在一旁欣賞多迪和黛安娜的戀愛。對特夫和克茲來說，「我們忙到沒時間理會無聊的耳語，就算想也沒有辦法。」

「船員們認為我們兩個保鏢太緊張」，克茲補充說：「他們不了解我們是怎麼輪班的。通常午餐時，特夫會拿望遠鏡守在船橋，我則是隨便到船艙下胡亂填飽肚子，然後再跑上樓和特夫換班。對其他船員來說，午餐可是大事，他們看我們這種吃法，還認為我們是野蠻人。」從蜜莉亞那兒，克茲還知道，如果一切平安，多迪還會以為保鏢都閒著沒事幹。

看著其他船員一邊吃晚餐一邊享用美酒，仍不會改變特夫和克茲倆人對啤酒的愛好。「我們才不會去碰其它的酒，要是被主人抓到滿身酒味，肯定完蛋。」保鏢凡事都得小心翼翼，但也不像其他船員眼中那般無趣。「不能說我們也跟著在渡假，但我們對工作樂在其中，非這樣不行」特夫說。

八月二十五日剛過午，遊艇離開波多維內（Porto Vernere）駛往艾爾巴（Elba），途中有三艘小船尾隨在後，其中二艘已跟蹤多天，上面各有五、六名攝影師，應該是德國人和義大利人，他們並未理會港口當局的警告。多迪下令找出方法趕走他們。特夫駕著接駁小船前去交涉，船長路易吉也用義大利話大聲叫罵。但義大利籍的狗仔隊回說：「我們又沒做壞事。聽好，我們可以更惡劣——打電話給英國媒體！」特夫回到船上，面對多迪的質問，答案是「沒有結果」。「我們要求對方人馬離遠一點，但他們聲稱並未侵犯個人隱私，只是為了工作，對方硬要跟我們走同一條路，你也無可奈何。」

克茲原本對能前往拿破崙被放逐地艾爾巴充滿期待，但結果令他失望。遊艇因海上刮著強烈的西北風而無法靠近，所有人當晚只得全待在遊艇上，當然多迪和黛安娜也是被逼得來到此處。

次日八月二十六日星期二，情況就好多了。遊艇開到薩丁尼亞群島的一座小島摩拉亞（Molara），多迪突然有個點子——他要和黛安娜在海灘上烤肉。原本廚師備妥要在船上用餐，一群人此刻只得手忙腳亂地自冷凍庫拿出漢堡、肋排和香腸來準備，也趕忙在海灘上鋪好小折桌，這可不是普通常見的烤肉。

路易吉首先上岸找了一處不錯的地點生火，雷尼接著在海灘上精心佈置，他先清除地上小石塊，然後鋪上地毯，再以三張小桌子併成餐桌和點上蠟燭。開的是多迪最愛的羅內酒（Loire），也替黛安娜端上她最愛的魚子醬。特夫檢查了四周環境，雖然不適合散步，但旁人也不易潛進。

晚餐過後，海灘上只剩多迪和黛安娜享用著美酒，特夫則坐在二十呎外的岩石上守著——這可是狗仔隊拼了命都想取得的位置，「此刻只有多迪和黛安娜倆人、營火和醇酒。」

一旁的特夫快被蚊子折磨得半死，但還是感到這樣的工作已經很不錯了。過去六天大夥受多迪的行為折騰，今晚他才終於給了黛安娜一個美好時光。「我不能斷言他們是否真的很快樂，但這是一次不錯的烤肉。」看著黛安娜，特夫心想到底多迪有什麼魅力得到她？他怎麼樣也無法想像這倆人可以湊成一對。

營火終於熄滅後，特夫和克茲的值夜也跟著開始。這大概是整段旅程中最安詳的一段時光，可以邊釣魚邊注意雷達，尊尼卡號就好像是鎖好門進入夢鄉的豪宅。

寧靜的好時間不長。隔天八月二十七日，直昇機三度在遊艇上方盤旋，迫使黛安娜無法在甲板上停留，先前多迪還只是下令記下直昇機號碼後通知警察，如今卻憤怒地大喊「擊落它們」。原本多迪還天真的以為將「尊尼卡號」幾個大字蓋住就可以不被發現，現在他則是想要開戰。他告訴特夫打電話去倫敦，找看看有沒有一種雷射裝置，一發現被照相機鏡頭對準便可以將之擊落。「基本上，他大概是漫畫書看多了。」特夫和克茲倆人一如往常安撫他：「好，我們打電話給倫敦，看有什麼解決方法」。其實多迪只是要個回答，結果他也沒再追問。

次日上岸，多迪竟被認出來。原本沒人認識的他，如今因為黛安娜而出名了。在特夫試圖阻擋攝影師的同時，多迪就這麼樣消失了，特夫只得滿街找尋他的下落，在一旁看著特夫的克茲，感覺到他和特夫的角色有所互換：「原本是我很生氣，而是特夫好心安撫我。但隨著日子過去，反而特夫的挫折感加重。過幾天我就要去休假，特夫卻說：『我還得跟這傢伙不知要耗幾年』，所以越近旅程尾聲，越顯得是我這個小矮子在安撫特夫這個大個兒。」

特夫和克茲同樣認為，如果多迪和黛安娜真的結合後，「要是並未變得信任我們或提供更多訊息，在安全保護上將會導致大麻煩。」這趟旅程開始前，就傳言特夫會升上小組主管——只要多迪和黛安娜成為一對。但多迪得成熟一點，特夫告訴自己要去和多迪把事情談清楚，不過不能在黛安娜的面前，也許回倫敦後再找適當時機。

對多迪和黛安娜是否能在一起，特夫自己也不知道。從黛安娜向黛比透露的話中，也許她懷疑自己不夠了解多迪。黛比曾告訴特夫，有一次多迪為了不知什麼小事大發雷霆時，黛安娜曾問她：「多迪他們這些阿拉伯人是怎麼樣的人？」黛比雖然表示不知道，但顯然黛安娜不夠了解他。

當遊艇在薩丁尼亞的一處高級隱密渡假聖地卡拉・迪・沃普（Cala di Volpe）停泊時，氣氛產生了變化。多迪和黛安娜都顯得有些焦慮，看在保鑣們的旁觀者眼中，感覺到歡樂時光已然將告結束。「不是每個人一早起床都能保持美麗的，人生就是如此，不管他們多麼有名和有錢，終究還是人。」

最後兩天，多迪和黛安娜連續拜訪了幾個薩丁尼亞港市，好像在盡最後努力，享受睽違已久的自由。但狗仔隊仍不放過他們，最後遊艇又回到了卡拉・迪・沃普下錨。

八月二十九日星期五，倫敦來電告知明天要返回英國，大家都高興得不得了。晚餐後，多迪和黛安娜一行人上岸散步，保鑣們免不了又是忙是阻擋人群，好讓多迪倆人能安靜地在花園漫步。

當晚倫敦方面又打電話來，通知明天改成前往巴黎，大夥都沒聽多迪說過，也沒機會去安排在法耶德一家於巴黎必下榻的麗池飯店住宿事宜。特夫對多迪這種隱瞞行為十分惱怒，他和克茲收拾了東西，準備看看明天到底要怎麼辦。

其實臨時計劃早已安排好。「我們也通知倫敦和G4專機，說我們做好了出發準備，倫敦的人員會安排在巴黎的交通和通知麗池飯店。」

特夫和克茲當時都同意，以巴黎作為旅程終站也挺不錯。

第五章　悲劇序曲

特夫領著黛安娜走下飛機，此刻巴黎炎熱的氣溫，似乎讓尊尼卡號上吹拂的海風變得遙不可及。八月的巴黎是屬於遊客的城市，也沒有任何慶典。

機場並未見到前來迎接的黛安娜迷，也沒有發出只有貴賓來臨時才有的西格瑪（Sigma）警戒代號，更沒有任何特別指示。車禍後的法國調查報告指出，黛安娜沒有將她的到來通知駐法英國大使館，也沒有向法國當局要求任何特別保護。

可是狗仔隊早已守候多時（想必是他們在薩丁尼亞的同夥或法耶德的手下通風報信），群集在私人機門入口，巨大的相機鏡頭不停捕捉著黛安娜一行人的畫面。下機時，特夫信心滿滿，他一定可以使這假期最後一天安然度過。他見到幾名騎機車的機場警察在旁待命，還有麗池飯店（Ritz Hotel）的安全人員。「多迪和黛安娜十分高興來到巴黎，絲毫沒有焦慮感。」只是原本在倫敦以汽車為交通工具的狗仔隊，在巴黎卻是選擇更機動的摩托車，一輛輛本田和三菱機車等在迎接車輛旁準備展開追逐。一看到黛安娜出現，引擎便隆隆發動，黛安娜和追逐者間的緊張態勢，正如暑氣一樣將升至最高點。

麗池飯店派來了一輛賓士和一輛廂型車，兩名司機中，一名是多迪在巴黎的固定司機菲利普・杜荷諾（Philippe Dourneau）。另一名是四十多歲，戴著眼鏡的亨利•保羅（Henri Paul），他同時也是麗池飯店的助理安全主管。多迪走向前和他握手，「從多迪直接上前和他談話來看，顯然相當信任此人。」

特夫看得出多迪和黛安娜急於想離開機場，菲利普開的賓士在前，載著多迪、黛安娜和特夫，亨利•保羅則載著黛比等人和行李跟在後面。在倫敦時被跟蹤的場面，和此處相比似乎溫和得多。特夫等人的車被叫囂的摩托車包圍，有的上面還坐著兩個人，好讓攝影師能對準焦點。特夫從賓士車上，望見護送的警察只送到出機場時便停下，此後的安全問題只有靠他們自己了。特夫聽見黛安娜表達憂心之意，但不是因為騷擾，而是怕機車騎士會摔死，他感到自己的好心情漸漸消失。多迪要菲利普加速擺脫掉跟蹤者，而菲利普也果真成功地辦到了。

在脫離跟蹤的機車後，車子便開到溫莎別墅（Villa Windsor），這裡曾是溫莎伯爵和夫人的居所，現在則被老法耶德所租下，保鑣們在巴黎時都在此地的警衛區過夜，多迪要特夫打電話給克茲，叫他把其他人和行李安置好後就過來同住。

特夫在多迪和黛安娜離去前往麗池飯店前，向黛安娜詢問今晚有何計劃。「應該會外出到餐廳用餐」，當然這個回答根本讓特夫無從先行上街勘查。

接下來的幾小時，先前興奮的心情更讓他們一刻不得停歇。黛安娜在飯店保全人員守護下做了頭髮，多迪則和特夫乘著賓士車，來到距飯店只有幾百呎遠的雷波西珠寶店。克茲和代飯店經理克勞德•雷（Claude Roulet）也跟著步行前來和特夫一同等在門外，三人等了僅五到十分鐘，多迪便從店裡走了出來。他並未告訴特夫來此的目的，但顯然是安排將「戒指」送往飯店的事宜——也就是媒體誤寫道，是多迪和黛安娜在旅程中於蒙地卡羅選購的那只戒指。雖然特夫隱約記得，多迪走出來時帶著裝珠寶的小袋子，但媒體一直聲稱，戒指是由胡雷前來領取帶回交給多迪。

克茲在走回飯店的路上，一邊欣賞兩旁拿破崙在奧地利戰役擄獲的銅砲所鑄成的銅柱，一邊觀察著四周的狗仔隊，有好多輛摩托車守候著，更有圍觀的遊客。

特夫接到電話，說多迪和黛安娜將在用餐前，要先到他離香榭麗舍不遠、位在亞森胡賽（Arsene-Houssaye）的公寓換衣服。為了讓他們倆人可以放鬆一些，特夫安排他們乘坐菲利普開的賓士車，自己則和克茲乘廂型車跟在後面。特夫說：「我們見到的情況使多迪和黛安娜緊張不安，因此決定讓他們倆人單獨相處一會兒，但還是在我們的保護範圍內。」跟隨在後的記者，在特夫上前打交道後安份許多。

「我們要求他們別在路途中拍照，特別是在紅綠燈和十字路口時，記者們遵守了我們的要求。」

安靜的時間在車子一抵達公寓後立刻轉為騷動。等候多時的狗仔隊將出入口團團圍住，保鑣之一的傑洛推了一名攝影師一把，讓先前雙方的協議因而被破壞，黛安娜發抖著，多迪則十分憤怒。在將多迪和黛安娜送上樓後，特夫和克茲又下來試圖安撫攝影師們——其實這也是安排克茲參加這趟旅程的原因，因為他可以用法語和狗仔隊溝通。他對攝影師們說：「我們知道這是你們的工作，請在不構成騷擾之下於出入過程時拍照，但路上請別有任何舉動。」特夫和他們當中一些人握了手，希望緩和一下情況，也花了點小錢，確保去餐廳途中能讓主人們有小小的獨處空間。

雷內為多迪打點了服裝——棕色外套、牛仔褲、高級灰色格子襯衫和一雙牛仔靴，多迪向他透露今晚要向黛安娜求婚，並展示那只看了令他摒息的戒指——「那是只四周鑲滿鑽石中間有一顆巨大翡翠的戒指，指環是黃白色的金子做成，就放在雷波西的淡灰色小盒子中。」多迪吩咐他記得準備好香檳。這番描述從對法耶德家忠心耿耿的雷內口中以回憶方式說出，不免帶些他自己的想像。就在雷內準備酒和魚子醬的同時，黛安娜也換上了適合在八月巴黎的穿著——白色緊身牛仔褲、高跟的凡賽斯無帶鞋、無袖衫和剪裁高貴的黑色外衣，她戴上了喜愛的金色耳環和多迪送給她的珍珠手鐲。

特夫在倆人著裝時，一再問雷內到底目的地是哪裡，急著想知道當晚的計劃。「我受夠了！多迪什麼也沒透露，可是我又不能去敲他的房門直接問他，也沒辦法去逼問常進出多迪房間的雷內，真是令人沮喪。」就算雷內知道，也不會透露給保鑣知道的。真正的地點就在龐畢度中心附近時髦的Chez Benoit餐廳，克勞德・胡雷已經訂好九點四十五分的位子而且先在那兒等著了。

多迪和黛安娜比預定晚了四十分鐘下樓來，看到眾多的狗仔隊顯得惶惶不安，不過特夫對自己先前談妥的條件有信心，讓多迪倆人坐上菲利普的車，在和克茲坐在尾隨其後的廂型車上。車一開動，克茲就向倫敦回報，「去哪兒？」「完全不知道！」攝影師隊一路跟隨，但都很遵守約定。

坐在賓士車內的多迪和黛安娜，在路上突然改變先前計劃，通知特夫車子要開往麗池飯店，原因是訂好的那家餐廳太公開了。天啊！根本毫無準備，先前才離開的麗池，到處都是狗仔隊和圍觀的遊客，簡直像街頭慶典一樣，幾百個人擠在入口，彷彿在爭著搶看遊行表演，特夫愈想愈是覺得情況緊張。

晚上九點五十分，兩輛車來到麗池的正門入口。群眾早已在此等候，特夫跑到賓士車打開後門，準備替多迪兩人開路，一旦進到旅館裡就安全了。

此時多迪卻遲疑起來，和黛安娜倆人動也不動，好像電影靜止畫面一樣。多迪在做什麼？看到狗仔隊蜂擁而上，特夫立刻將車門關上，前後不過幾秒時間，等多迪一下車，又是一樣的情況，整個車子四周都是照相機，多迪和黛安娜被人群重重包圍，多迪用手掩住臉，黛安娜則是一臉痛苦地大步走向入口，多迪的稍稍遲疑立刻造成了麻煩，特夫見狀只得趕忙將攝影師們推開。混亂中一名攝影師溜進旋轉門內，被特夫一把給拉出來。多迪把氣全發在克茲身上：「怎麼會他媽的發生這種事？你怎麼沒安排好接待工作？」

「你自己又從不告訴我們去哪兒，要是你早說，我們就可以事先打電話過來安排了。」克茲回嘴時幾乎快發火了，他試著不讓特夫也牽扯進來。

將多迪和黛安娜倆人安排坐在大廳盡頭的餐廳後，特夫和克茲又回頭來到飯店出口，他邊走邊小聲地對克茲說：「今晚我要和多迪說個清楚。」特夫將記者們推向通往飯店道路的另一旁，並找來警察將他們驅離到不致於進行肢體攻擊的距離外，最後特夫和克茲才終於有機會坐下來吃個三明治，從在尊尼卡號上吃早餐起，今天一天都還沒再吃過東西，感覺那已經是好久以前的事情。

才剛吃沒兩口，就看到多迪和黛安娜起身走向大廳休息處，想必是為了某種原因。克茲注意到黛安娜在啜泣，他猜想也許是因為好幾次被攝影師追逐的事加在一起所造成，到餐廳又受到人注視。十點零一分，多迪和黛安娜上樓走向皇家套房，「我們要在房裡用餐，你們自己去找點東西吃吧！」多迪邊說邊關上房門。特夫和克茲只得又回到酒吧間，坐在可以看得見樓梯的出口處，好不容易可以好好吃晚餐了，特夫心想：「這兒的食物真不錯。」下一個工作該是要在晚餐後送多迪倆人回公寓——如果多迪決定如此的話，於是倆人吃完東西，等著多迪和黛安娜從套房出來。

十點零八分左右，亨利•保羅穿著正式西裝，神情愉悅走進麗池，左手拿著從不離手的雪茄煙，雖然他已經下班，他還是一直打電話到飯店查詢多迪倆人的情況。麗池的夜間安全經理法蘭西•坦迪（Francois Tendil）在快十點時打電話告訴他，多迪和黛安娜要在套房內用餐，此刻亨利自己卻主動回到飯店來。

特夫和克茲以為他還在值班，於是三人一起坐在酒吧間裡。克茲和亨利閒聊著，特夫則默默吃著三明治，心想：「這個人也太隨便了點」。克茲說：「我有個感覺，特夫不喜歡亨利・保羅。我是那天才見到他，不知道他是麗池飯店的副安全主管，我還以為他只是名司機。」亨利・保羅點了杯果汁，說起黃色笑話來，「就像軍中笑話，雖然有點不雅，但我們還是邊說邊笑。」

不過倆人笑得有點尷尬。「氣氛僵硬的原因是特夫不願和他說話，然後亨利・保羅又說我們不該在這兒吃東西，這樣飯店老闆克萊恩先生（Mr. Klein）會不高興。」管它的！這兒又沒有咖啡廳可坐，多迪又不肯離開飯店。克茲回說：「我們沒得選擇。法耶德先生是我們唯一的老闆。」坐在一旁的特夫，不是一直看著食物，就是瞪著外面，他承認對亨利・保羅的加入一點不感興趣。可是當亨利・保羅提到克萊恩時，特夫立刻回話令他住嘴：「克萊恩是替法耶德先生工作的，所以你也一樣。」

克茲說：「我們吃完三明治就離開了。回想起來，亨利・保羅前後待了僅約五分鐘。」「在我們吃東西的同時，他一個人逕自在一樓大廳走來走去，不知道打算幹什麼，反正不關我們的事。」特夫回憶道。不過他看起來不像焦慮的樣子，「我猜他是想安排飯店裡的一些事。」特夫和克茲對他不甚了解，只覺得他的行為還算正常。

亨利・保羅離開酒吧前，酒保替他斟了第二杯的帕斯堤酒（pastis）。事後證明從他至機場接機到夜晚再回到飯店這當中，他已經喝了不少酒。法醫解剖他的屍體後發現，體內酒精濃度超過法定值，另外還有鎮定藥和酒精抑制劑的成份——蛋白質轉化程度低到足以使他慢性酒精中毒至少達一星期。

特夫回想起當晚在酒吧間的情景，亨利・保羅說英語的樣子完全不像喝醉了酒。如果他沒值班，大可繼續再喝，儘管麗池員工是不准在飯店內酒吧喝酒的。「但在我看起來，亨利・保羅當時顯然正在當班。」要不是多迪和黛安娜在此，他又怎麼會出現？當班喝酒是特夫嚴守的禁忌，他從未想過像亨利・保羅這麼資深的人竟會違反。「我不是說人們不該喝酒，但即將上工前我絕對不喝，如果隔天有工作，我今天一定禁酒。」

到了十一點零七分，特夫和克茲上樓坐在多迪套房門口等候命令。飯店外另有兩輛車在待命，再來會有什麼事無法得知，他們當然也不知道，多迪在用餐的同時，打了電話給飯店夜間經理提瑞・荷須（Thierry Rocher），要他報告門口狗仔隊的情況。當他知道亨利・保羅來到飯店，立刻要求派第三輛車到後門等候接送，正面的兩輛車繼續留待作為障眼法。

特夫和克茲在套房外等候的當兒，亨利・保羅也樓上樓下來去好幾回，似乎忙著和旅館人員攀談。據攝影師說，他很能煽動人心，交際也很有一套，看在特夫眼裡，他和前幾次作秀般的表現沒有兩樣。

午夜前二十分鐘，亨利・保羅出現在套房門口，嘴上還是同樣叼著雪茄。他向特夫兩人說：「計劃有變，我們要從旅館後門走。多迪只要我開一輛車。另外兩輛車從前門走，分散狗仔隊的注意。多迪還說用不著保鑣跟著」。離去的時間約在半小時後。

這真是個差勁的計劃。亨利・保羅本是安全人員，不是司機，多迪當然需要有兩輛車和一名保鑣護送！特夫回保羅的話：「休想讓多迪不帶保鑣離開，就算計劃是這樣，我也非跟著不可。」

特夫們聲稱要將此事回報倫敦，這將會是在這趟旅程中，第二次回報差勁的安排。克茲確定亨利・保羅證實，說此事已經老闆老法耶德的同意。但他也知道若要去查，勢必引起麻煩，這個計劃依舊是行不通的。特夫說：「讓我不高興的，並非是由亨利・保羅當司機，反正他先前也載過多迪了。」真正惱人的是這個計劃本身。

幾分鐘後，多迪從套房探頭出來確定所有安排，第三輛車由飯店後門走，拿前門兩輛車當誘餌，他說車由保羅來開，特夫只有接受。「但你不能在沒有保護下離開，我也要一道。」當時前門的攝影師和群眾已被排退到路的另一邊，這樣的距離是可以從前門走的，特夫向多迪力爭，但多迪堅持要走後門，而且只開一輛車。

特夫仍不改初衷地說：「你不帶保鑣同行是絕無可能的事。」這一點沒有得商量，「好吧，那你們倆人中的一個坐前座。」最後多迪終於妥協。

克茲說：「還需要有支援車輛，我去帶前門的一輛車過來。」這一點多迪沒有同意。「不行，這樣人們就知道了，叫前門的車等著，好讓所有人以為我們要走前門，但其實我們已經從後門離開。」多迪說完便關上了房門。

特夫還是一心想要去向多迪表明：「這種情況不能再繼續下去，不給我們更多資訊，這種工作沒辦法做。」克茲提醒他：「最後一天了，回倫敦再跟他說吧！」

特夫一直反對這項決定，可是現在只有非做不可，而且動作要快。多迪和黛安娜幾分鐘後就要動身離去，特夫下樓找亨利・保羅，飯店會準備額外的第三輛車，他打電話給在附近不遠待命的菲利普（Philippe）和慕沙（Musa）兩名司機，要他們到飯店來，同時請他們儘快找到亨利·保羅。

午夜零點六分，現在只剩多迪和黛安娜了。克茲想試最後一次說：「還是開兩輛車最好……。」多迪搬出了老闆說：「我父親已經同意了。」他說的是真是假？克茲無從得知。

老法耶德後來承認，曾在多迪離開前十五分鐘和他通話，但他表示絕不知道由亨利·保羅開車一事，反而他警告多迪要小心，必要的話還是留在飯店裡。

克茲知道無計可施，在這種時候打電話去向老闆確認，等於是工作別幹了。「你可以說計劃很糟，但如果法耶德不聽，你也沒辦法。」畢竟黛安娜沒有受到任何威脅。

特夫找的兩名司機，完全不知道為什麼會找亨利·保羅開車。他們看特夫顯然也只是奉命行事。

幾乎就在特夫指示兩名司機去找亨利·保羅的同時，麗池飯店的代經理胡雷出現，要慕沙準備另一輛車給多迪使用，菲利普確定那輛車是要由亨利·保羅來開，載多迪和黛安娜從後門離開。

特夫並不知道，對於慕沙找來的商用大禮車，亨利・保羅根本沒有駕駛那種車輛的執照，慕沙表示他曾提議由他來開，但沒人有時間考慮他的話。從特夫找司機到車子開動，前後不到十分鐘，加上麗池是他們車行的唯一主顧，慕沙也不能拒絕胡雷向他包車。

找來的車是一輛賓士S280二手車，是車行在一九九四年花了十一萬四千六百六十六法郎買下。

車牌是688LTV75，車上沒有裝暗色車窗或防彈保護。

車行中另有一輛法耶德家使用的防彈賓士車，但稍早並未被派去機場迎接，或供黛安娜用。「只要有我在，多迪用不著那輛『重裝車』的。」特夫說。

為何多迪堅持要由亨利・保羅開車？答案永遠沒有人知道。但特夫相信是因為多迪信任保羅才這麼做，如同他信任菲利普開前面的誘導車一樣，在旅途中的連串壓力後，終於有幾個人讓多迪可以信任。

午夜過後不久，麗池飯店的車師佛德瑞克・盧卡德（Frederic Lucard）接到命令，將車子由大下停車場開出來，準備停在飯店後門。

克茲注意到，多迪和黛安娜離開套房時，黛安娜看來很快樂，不同於先前的哭泣模樣，多迪也是，顯然他們喝了點酒。克茲對多迪倆人說：「只有十分鐘車程，待會兒在公寓見。」「直接回去，不到俱樂部去嗎？」「直接回去」黛安娜笑著回答。

多迪和黛安娜坐進去後，克茲抓住特夫的手說：「兄弟，由我跟車吧！有事他不會責備我的，就算責備也沒關係，反正我明天就回家休假了。」

但特夫堅持：「我是多迪的保鑣，還是讓我跟他走，十分鐘後見。」

「下次我不會讓你的」克茲邊和特夫開玩笑邊在房門前分手。

多迪的計劃在一行人還沒走到飯店後門就被識破。當他們右轉下樓時，一群知道前門車子只是幌子的狗仔隊已經等在那兒。十二點十九分，四個人被困在狹窄的服務生走道上進退不得，亨利・保羅揮舞著雙手和多迪閒談著，站在右邊的特夫查看外面的動靜，怎麼不見賓士車？十分鐘前才叫的車，年輕的麗池司機還在送來的路上，多迪摟著黛安娜的腰靠在牆上，特夫記得倆人心情都十分輕鬆。

往後門入口看去，特夫「只見到一輛小型三門淺色轎車，也許還有一輛速克達，我相信大概只有兩三名記者。」還好人不多，不過他們也許馬上就會打電話給等在前門的同伴，不用幾秒鐘又會出現一堆人。

賓士車到了以後，亨利・保羅推開後門和駕駛交換。根據拍攝到的錄影畫面，未見他有遲疑動作。就這樣，體內酒精濃度高於法定值兩倍的的亨利・保羅坐進了駕駛座。

要是特夫事先知道保羅身體有障礙，一定會阻止他。先前的命令他都可以容忍，唯獨安全問題不能開玩笑。要是知道，他大可找菲利普或其他司機來替代保羅，絕不會讓一個明知喝醉的人，而且連適當駕照都沒有的人開車，不過這樣一來狗仔隊就有機可乘了。

為什麼亨利・保羅知道自己喝太多酒，還不讓別人來開車？特夫想「隱瞞就是他犯的一項錯誤，他應該要說自己無法開車。」

歷史的一刻隨著時間過去漸漸逼進。特夫先走出門，後面跟著黛安娜和多迪，在他們進入車子前，閃光燈此起彼落，黛安娜眼睛看著下方大步前進，由特夫迅速地將她安排坐在後座。在前門處大廳內的克茲，接到特夫打來的內線電話：「我們要出發了」。

克茲走出大門，揮手叫兩名司機把車開過來，好讓所有狗仔隊和遊客看見，命令是要他拖延五分鐘，好分散群眾的注意力，亨利・保羅開著賓士車，一車四人就這麼從後門離去。先前在機場時，他的車開得還不錯，但人算不如天算，尤其精神異常者和事故是事先算不到的。

原本克茲該在前門等個五分鐘，但他發現狗仔隊逐漸散去——計劃沒成功，於是他把等待時間縮短為一分半。離去時他在車上打了電話給倫敦，接電話的是當時值班的同事馬汀。「他們出發了。」克茲立刻又打去多迪在香榭麗舍的公寓：「他們已經離開兩分鐘了，大該再六分鐘後會到。」

隨著車門關上，亨利・保羅發動車子準備離去，狗仔隊不斷朝車子拍照。這一段最後系列的照片中，最有名的大概算是從右後方角度拍攝到的，只見黛安娜的金髮面向照相機，多迪靠著黛安娜的背，焦慮地向車外張望。

車禍前最有爭議的一張照片，主角就是特夫。攝影師賈克・朗吉文（Jacques Langevin）拍到了拉下車上遮陽片的特夫，望著窗外發亮的閃光燈，背後清楚可見黛安娜轉頭看著車後，「我只是想用遮陽片把後座的情形擋住，讓攝影師不容易拍到照片。」

將近午夜十二點二十分，車子迅速地自後門離去。

特夫對當晚記得最清楚的最後一件事，就是車子離去之時，然後他又見到那輛淺色轎車一直跟在後面，「我不記得有沒有摩托車跟著，但我知道跟在後面的是記者。」他還記得對多迪和黛安娜說：「後面有記者跟著，不過人數不多。」特夫相信他帶進醫院裡和他事後對法官陳述所根據的記憶，也就是說在離開麗池飯店的當時，亨利・保羅看來相當正常，改變計劃的是多迪，車子離開麗池飯店後的事，特夫一點都記不得了。

「之後的事完全從我記憶中消失，我再也記不起任何事。」

第二部　風暴中的寧靜

第六章　車毀人亡

八月底的這個星期六夜晚，亨利‧保羅抄最近的路，沿塞納河畔左側朝公寓開去，聰明地避開香榭麗舍的午夜場電影人群，接下來他會右轉喬治五世大道（Avenue George V），然後直達位於凱旋門（Arc de Triomphe）的公寓。在天氣晴朗的這六、七分鐘車程中，主要的拖延只有來自交通號誌，在到了第一個紅綠燈時，已經聚集了大批的摩托車群，而且有愈來愈多的態勢。

賓士車快速穿過下一個街角——沒有紅綠燈的蒙塔伯街（Rue de Mont Thabor），但是卻在瑞佛里大道（Avenue de Rivoli）停下右轉，走近路到和諧宮（Place de la Concorde），沿著環繞和諧宮埃及尖石的環形道路而行。亨利‧保羅原本準備左轉到和諧宮北側，但此時被紅綠燈擋下，讓狗仔隊有了趕上來的機會。

當時停在前一個紅綠燈前的目擊者波寧（Bonin）先生，看到了這輛賓士車。他自餐廳用餐完畢回家途中，看到了麗池飯店入口的大批群眾，心想一定是什麼明星來了，和賓士車走同一條路的他，在紅綠燈前停下時，看到左側的一輛大型黑色賓士車，還有一輛車牌75、Paris的大型摩托車，上面坐著兩個人，坐在後座的人不停以照相機向不是暗色車窗的賓士車內拍照，他想這一定是狗仔隊的人。不過事後發現，這個難得的拍照機會並沒有拍到什麼東西。

波寧說：「我認出了多迪•法耶德」他曾在報上見過多迪的照片，「黛安娜坐在他的右側，試圖躲在車裡。開車的是個約四十五歲的人，戴著眼鏡，旁邊坐著一個金髮年輕男子，我猜是保鑣，那名保鑣看起來很不安，不斷地轉頭。」波寧猜想他是希望車子趕快前進。

這名證人也注意到多迪和黛安娜並沒有綁上安全帶，但對坐在前面的兩個人則不清楚。轉成綠燈時，他看見在賓士車前有一輛黑色汽車並未前進，似在阻擋賓士車的去路，波寧從後照鏡看見賓士車轉向，從右邊很快地繞過前面的車開走，賓士車開上沿著塞納河的快速道路後就不見了蹤影。

這條快速道路正是賓士車可以加速擺脫摩托車跟蹤的地方，而亨利•保羅也的確這麼做，照多迪的習慣，他一定有命令保羅開快車。賓士車進入了在兩座橋下面的隧道——亞歷山大三世橋（Pont Alexandre III）和Pont des Invalides。十秒鐘後即發生車毀人亡的慘劇。一出這條隧道和在左轉進入下一條位於拉瑪宮下方隧道的下坡彎道前，其實亨利•保羅就可以右轉下快速道路，直接上到通往多迪公寓的喬治五世大道，而時間只要三分鐘。

這歷史的一刻將永遠成為爭議的焦點。特夫記憶喪失的最佳替代品，只有法國刑事調查局長達十四個月的技術勘驗和重建所有證據的結果。結論之一是——亨利・保羅可能是被迫開下阿拉瑪宮隧道，因為摩托車堵住了他原本打算走的出口，這一點尚無確切證據，不過導致這項結論的原因，和其它現場重建的結果一樣都是無誤的事實。

賓士車在接進隧道時，正以時速一百八十八～一百五十五公里行駛（即時速七十三～九十六英哩），而該區的速限則是每小時三十英哩。在後面追逐的共有五輛機車——一輛本田、一輛山葉和三輛BMW。雖然證人對機車和賓士車間距離的描述有所出入，但時速極限可達一百五十五公里的本田機車和一百五十六公里的BMW機車，都有保持在最後一刻和賓士並肩而行或甚至超越的能力。

亨利・保羅踩下加速器當時，一旁的保鑣在做什麼？特夫所能記得的，只有他感到平常心中的挫折感，使他喪失了把工作做好專業控制能力。

「但是如果亨利・保羅真的把速度飆到會發生車禍的情況，我想我一定會說話。」特夫不會做出抓方向盤或踩煞車這樣的事，那反而會加深危險。我一定有說：「謹慎點，把腳拿開油門。」或是「慢下來，開得太快了。」等話，也許多迪不表同意，要是保羅聽到兩個人都在下命令，他會聽誰的呢？

開車經過該處或經過巴黎任何一處隧道的人，都曉得超出速限是司空見慣的事，不過當時發生了特殊情況，就在亨利・保羅開在向下通往隧道的左側車道時，一輛白色飛雅特擋住了右側往出口的路，看在保羅眼裡，那輛車可能只是要開下隧道，之後，在問過全法國三千位同型車主後，還是沒有找到那輛飛雅特車。但是從撞毀賓士車剝落的油漆、凹陷、玻璃、和後視鏡受損的樣子來看，賓士車無疑地在加速行駛時曾和一輛飛雅特車發生碰撞。

此時特夫也許有採取某種行動——抓起安全帶拉過胸前，但就算有，事情來得太快，也不會讓他有時間把安全帶扣緊。

在和飛雅特車碰撞以後，就此展開了一連串車禍後續的事情。

車子本身的狀況和車禍並無關聯。兩年多來的調查證實，載著多迪四人的賓士車事實上狀況非常好，可是其它原因彼此間讓案情變得更複雜。首先，如警方報告所寫，亨利・保羅在欲開下出口時可能受到一、兩輛摩托車的圍堵，使他不得不駛進隧道內；第二，經過急彎的車子在高速下極難掌控；第三是和飛雅特車發生擦撞。三項基本上同時發生的危險情況，都與車禍的發生緊緊相扣。

亨利‧保羅大可不必當駕駛。當時那麼晚了，他本該下班的，只是責任感的壓力太大，同時他又喝醉酒。最終的決定性因素是酒精，使他的腦部在面對突發的數個狀況無法清晰地處理。

物理定律永遠是正確的。

就在賓士車抵達左面的彎道時，在無可抗拒之下被離心力向右拉。而亨利‧保羅可能是在計劃駛向右方的出口當頭，才發現被一輛飛雅特車擋住，於是他將車頭拉向左邊，輕輕擦撞了飛雅特車的左後端，但被撞的車子因尾端擺向右方而使車身往左，更使得賓士車的車道變窄。

面臨車道縮窄的保羅，左側就是一排排的鋼筋水泥柱。在電光火石之間，兩輛車幾乎可說成為並排情況。賓士車的右側後照鏡因碰撞到飛雅特車身而撞碎。在超過了飛雅特車後，保羅準備右轉方向盤，此時天譴出現了，另一輛雪鐵龍車擋在右側。

保羅不得不將方向盤向左猛打，因為太過用力，整個賓士車因而撞斷鋼筋柱而橫跨在隧道中間，有著三十年歷史的這些巨大的白色方形樑柱，竟成了這場悲劇的見證者。隧道內之前發生過的三十四件車禍中，已奪去八條人命，另有八人身受重傷。在即將撞上鋼筋柱前，保羅還下意識地想將車速從四檔換成三檔，孰料這個錯誤使一行人喪命。也許是他忘了，這輛賓士車不是他的那輛迷你奧斯汀手排車，而是自排車，結果是車子被排成空檔，這時神仙也難救了。最後在撞上前六十四公尺他踩下煞車，但為時已晚，賓士車已然成為亡命車。預估撞上的那一刻，時速仍在一百～一百一十公里間，超過時速六十英哩。午夜零點二十三分，也就是離開麗池飯店後三分鐘，賓士車迎頭撞上了隧道內第十三根樑柱，把直角邊緣的柱子撞了個V字型大凹洞，宛如巨人手中捏碎的一團的玻璃紙。

前座的兩個安全氣囊在撞擊瞬間打開，短暫地阻隔了朝身體迎面而來的引擎機件。被向後推的方向盤、引擎和冷卻器讓亨利‧保羅當場斃命。安全氣囊刺破爆炸後，二氧化碳灌進他的肺中，使他的血液二氧化碳濃度高達百分之二十點七，相當於兩包香煙的量。

特夫的安全氣囊，則是在整個扭曲變形的車中救了他一命，讓他不致於當場死亡，也幾乎毫髮無損。可是剎那間車子在衝擊後順時鐘高速向右回彈，撞向右邊的樑柱。原本多迪和黛安娜以撞擊時同樣的高速撞向前座，如今車子的回轉又將他們的身體以高速甩向車子的內側。

高速撞擊加上隨後的突然減速，使得黛安娜的心臟移位，保護心臟的整個心囊破裂。法官的醫學報告上寫道：「在全球醫學史上，尚未見過有人能在此種嚴重傷害下存活」。

於是，多迪和黛安娜就此離開人世。

賓士車的車頭如今已掉轉面向著隧道入口，亨利・保羅的頭轉向座位，臉上還保持著平常帶著的微笑，前額和臉頰上流有數道血跡，完全沒有生命跡象。

肋骨刺穿肺部和血管而造成內出血，加上破裂的頸部大動脈和脊椎骨構成多迪的致命傷。高級襯衫被掀到脖子上，但他的臉上還帶有一絲微笑，前額也和亨利・保羅一樣流有血跡。

黛安娜的身體被拋到特夫椅子後背下方，面向車子原來行駛的方向。兩腿一隻在下，一隻在座椅子上，數道血痕流到她的鼻子和嘴上，但臉部幾乎還是完整的。下顎靠在胸前，雙眼閉起的她，看來像是美麗安詳的沉睡著，頭還諷刺的壓住放在前座椅背袋中的新聞週刊（Newsweek）和時代雜誌（Times）。

亨利・保羅的屍體壓在喇叭上，發出刺耳的聲響，好像特夫父親十年前死亡的情景。車子前方冒出煙霧，，第一位見到此景的證人說，黛安娜的手還稍微抽動了幾下，前座右方的特夫也有一些肢體動作出現。

唯一還活著的是特夫，第一次的撞擊他只受了輕傷，但很快地在車子掉頭撞上樑柱時，安全帶的保護頓時消失。他的身體被向前擲去，整個臉和胸部重擊在儀表板和擋風玻璃上，特別是左臉。目擊者第一次見到半昏迷的他時，血肉模糊和噴血的景象令人怵目驚心，臉還貼在擋風玻璃上。全球的報導上都寫著：「他的下半臉整個脫落懸吊著，嘴巴和舌頭也整個掉落。」謠言迅速傳遍說特夫的舌頭受到重創，但其實不然。

狗仔隊的人於車禍發生後立刻停下，帶著照相機跑向現場。最先到一名攝影師叫做羅慕拉（Romuald Rat），他很快地跑到賓士車旁快照了三張照片。然後受過急救訓練的他聲稱立刻打開右後車門試圖搶救黛安娜，並且用英語告訴她要鎮定，救援馬上就到。他表示聽見有人大喊已經叫了救護車來後，他和其他的人又總共再拍下了一百一十八張照片，從一公尺到十公尺的近距離都有。攝影師賽吉・亞諾

（Serge Arnal）確實先叫了救護車來，然後再和他的資深編輯很快地進入隧道拍下十六張照片。根據報案記錄，第一通報案電話是在零點二十三分打出，也就是車禍數秒鐘之後。

牙醫師詹姆士・胡特（James Hutte）在附近的自家陽台上，聽見「非常大的煞車聲和三聲撞擊巨響」，便急忙趕到隧道中，聽見響個不停的喇叭聲，看見了煙霧和圍在四周的攝影師照相燈光此起彼落。他將車擋住隧道入口，抓起一台積架車內的行動電話，用他的專業毫不思索就撥了SAMU急救電話報告有車禍發生。然後又撥了通電話給消防隊，這已經是消防隊接到的第二通。

證實特夫還活著的第一份報告，是由波灣戰役中的退役救援隊醫官佛德瑞克・梅利耶（Frederic Mailliez）所提出，當時他正在從一個私人宴會後返家途中。他很快地拿出車上的手電筒檢查賓士車上是否有人生還。「我沒有看錯，司機已經死亡。」左後方的乘客也死了，前方右座的乘客臉部嚴重受損，就連這位急救醫生看見特夫的情形也不禁大吃一驚：「左半邊臉就這麼懸吊著，真是恐怖。」

他再將注意力轉到女性身上，「她的情況似乎最好」，於是他穿過重重圍觀的人群跑回車上，除了打電話叫救護車，還要他們帶把攔帶式大剪來——顯然不將車門剪開，無法將特夫拖出來，然後他再拿著簡單的醫療設備跑回去，此時已見到消防人員正在搶救前座的特夫，而他也就專心救治那名女性。在沒有脈搏的情況下，他也實在無計可施。他小心地抬起她的頭向後仰好讓呼吸道順暢，再替她罩上氧氣罩，半昏迷的黛安娜說了一些他聽不見的話，而且似乎因為動作而呼吸急促，他完全不知道這位女性是誰，急救隊員抵達接手後，這名善心的醫生便行離去。

最先到達的警察也是立即判斷黛安娜的情況比前座的特夫好，左側的前後兩人則是已經氣絕身亡了。自救援隊趕到之前先抵達的兩名警員李諾・加里亞頓（Lino Gagliardone）和賽巴斯坦・多齊（Sebastien Dorzee），還必須先突破自各個角度拍攝照片的狗仔隊人群。雖然黛安娜嘴和鼻子出血，前額也撞傷，但在警員試圖替她壓住傷口避免昏迷時，還是用英語在喃喃說話，可能是說「我的天啊！」

加里亞頓一面讓狗仔隊保持退後的同時，一面祈禱救援隊能夠盡快過來。攝影師們的相機像「機關槍」似地閃個不停，一名攝影師還很自豪地告訴他：「要是在波士尼亞，我還拍不到這麼悲慘的照片。」另一名還說：「別管我，讓我做事，塞拉耶佛（Sarajevo）的警察通常都不會阻止我們。」最後救援隊終於來了，警察也才能夠控制住狗仔隊，設下護欄並擴大保護範圍。

直到午夜零點二十三分時的頭兩批救援隊到現場後，特夫才得到急救，也就是救援隊收到電話後兩分鐘，共有十名人員進入隧道進行搶救。隊長賈維耶・古美隆（Xavier Gourmelon）很快地評估了車上乘客的情況，看見特夫還「活著、被困住、意識清醒、臉部重創」。他聽見旁邊的女人以英語說著「天啊！發生了什麼事？」也見到她動了一下左手臂和雙腿。

搭乘另一輛車的克茲剛放下向倫敦報備的電話，只見左方發出藍色閃光和聽見警車聲。他對菲利普說：「發生車禍了，能夠繞過去看看嗎？」「沒辦法，時間已經遲了，現在我們可被交通困住了。」路上已經開始堵起車來。克茲又撥了電話給多迪公寓的安全人員，「他們到了嗎？」回答是沒有，「他們可能會遲到一點，因為現在路上有車禍，守在門口，他們很快就會到，可能再等幾分鐘。」

克茲打電話看看特夫現在的位置。沒有應答。他心想：「該死！他們又繞去俱樂部了，所以才聽不見電話。」克茲最怕的就是多迪又突發奇想跑到俱樂部去，而特夫是多迪身旁唯一的保鑣，沒有支援車輛或額外的保鑣。

他打了特夫的呼叫器，同樣沒得到回應。此時他們離開麗池飯店已經六、八分鐘了。「人到了嗎？」，克茲再次問公寓人員，人還沒到。

只見警車和救護車愈來愈多，克茲現在有些不耐煩了。「真不敢相信會這樣，我們竟然比他們還快，竟然把電話關掉跑到俱樂部去。」回到公寓後，克茲告訴守門人員等著隨時準備接電話，自己則忙著去準備多迪一行人稍後的到來，「法蘭西斯，把車開過去一點，空出個位子給賓士車停，看到車子到了立刻喊一聲。」

克茲撥了電話給倫敦：「我們比他們早到，他們可能是轉去某個地方了，不過路上因為有車禍，好幾條路被堵住了。他們也許繞路也不一定」。

菲利普和慕沙停好車走回公寓時，見到約有十名記者等在那兒。剛一進門，兩名麗池的安全人員便問多迪的賓士車是否已經抵達。菲利普說：「我很訝異他們還沒到，因為是他們先走的，而我自己一向都慢慢開。」一群人焦急地等著。突然一名記者的行動電話響了，「我看見他接了電話後臉色發白，變得很激動。」這個舉動引起菲利普的注意，「那人邊講電話邊走向他的車，我和慕沙跟在後頭懷疑有事發生了」。

「告訴我們發生了什麼?」記者不肯回答，但神情十分緊張，緊緊抓住身上的夾克。他愈不說，菲利普愈擔心。

「發生車禍了。」

「在哪兒？在哪兒？」

「在阿拉瑪隧道。」

不用說一定是多迪的車，菲利普和慕沙馬上跳入車中向隧道飛馳而去，記者也駕車離去。

在安全人員室的克茲看見外面發生騷動然後菲利普駕車離去，心想他大概想在發生大塞車前回家。他的心中一直想著要連絡到特夫，但是電話只是一直響，弄到他很生氣：「我不管你人在哪兒，趕快接電話就是了。」菲利普離去不到三分鐘後打了電話過來，「在哪兒……？」發生車禍了，是多迪的車。

「該死，情況有多糟？盡全力去查出來，然後回我電話」。

菲利普和慕沙儘可能將車子開近隧道，向急救車藍色燈光處跑去。克茲腦子裡想遍了應變作法，是不是要派另一輛車進去？菲利普應該可以用車送他們回來，果然他和特夫講得沒錯——要是有另一輛車跟著，人早就載回來了。

克茲又再撥電話去倫敦：「主人的車子出了意外，詳細情況還不清楚，我會儘快再打過來。」想到特夫應該會盡他所能，克茲稍感放心。

古美隆派了兩個人救特夫出來，下令將他的頭抬高以順暢他的呼吸，架上頸套以防脊椎受損，並替他戴上氧氣罩。據現場的幾名人員表示，一位消防隊員扶著特夫的頭，將貼住擋風玻璃的臉拉開，他是車禍中最後一名被營救的人，除了因為他的重要性不如黛安娜外，還因為他被車子的鐵皮卡住。除非先將黛安娜拉出來，否則無法對他進行急救，還有車頂也非掀開不可，工具機已經在零點三十二分出發，正在前來的路上。

古美隆另外安排了94小隊隊員照料黛安娜，隊員替她戴上頸套，檢查她的主要生理機能和特殊傷害，直到醫生趕來。100小隊將多迪的屍體拉出車外，平放在地上，作了最後的死亡確認後，替他蓋上了藍色塑膠布。兩名94小隊隊員替多迪施以心臟復甦按摩達三十分鐘，發現無效後又用布再將他蓋上。

零點四十四分，阿諾・佛吉（Arnaud Forge）操作的工具機組到達。在古美隆的命令下，佛吉將車推到一旁，開始撬開車頂。在把黛安娜交到急救隊的手中後，急救隊員波耶（Boyer）開始把特夫移到車外。只見特夫還好好地坐在位子上，胸部頂住儀表板，安全帶還扣在身上。根據警方的照片顯示，特夫的頭和胸被從貼住的儀表板上拉開，臉部已被壓平，鼻子和眼窩整個向內極度凹陷。

雖然最早的救援工作是由消防隊員執行，但醫療工作則是在急救隊指派的阿諾・德洛西（Arnaud Derossi）醫師到達後才開始，他被告知一名乘客尚有高度生命跡象，很快地調查過現場後，德洛西下令增派人手，立刻就來了十三個消防急救隊和三個救護車隊供他差遣。同行的馬克・李杰醫生（Dr. Marc LeJay）被指派負責無線和電話通訊，也就是經由他才知道黛安娜和特夫要被送往約四英哩外的皮特・沙巴提亞醫院（Pitie-Salpetriere hospital），該醫院雖然不是最近的一個，但擁有對這類傷害最好的醫療設備。

在很快地檢查了四名乘客的情況後，德洛西的結論和其他人類似——黛安娜雖受重傷，但不致立即死亡，起碼她還說出了幾個字。在送上救護車前，「我必須替她插入導管順暢呼吸和作心臟按摩，保住她的生命。」警方報告對她的情況描述是：「陷入昏迷、右臂多處折斷、頭和右背出血，胸部重創——傷勢非常嚴重。」

法國的急救車輛有如小型急診室，可以在車上作進一步治療。一直有爭議說，若是盡速送黛安娜去醫院，或許她還可以活命。她被困在車內將近四十分鐘，然而因血液不斷流失，許多醫生都同意報告中所載「沒任何一種急救方法可以阻止她的情況惡化。」

而身份尚未被確認的特夫，警方報告稱他「臉部受重創、左臂和頭部骨折及有加壓外傷。」情況亦是相當嚴重。

當天清晨從零點四十五分至將近四點，克茲一步也沒離開過電話。「喂，喂」，是菲利普打來的，背景還可以依稀聽見警車的聲音。「真的是多迪」「他怎麼樣了？」「他死了」，剎那間克茲腦子一片空白，感覺就和曾經有人通知他母親去世一樣，無法用言語形容。他受過的訓練使他立刻反應：「好，鎮定一點，再去確認。」

菲利普用法語向警員詢問了一陣，又再回到電話上：「多迪死了」「王妃呢？」「還活著，腳受了傷。」克茲心想真是謝天謝地，「那其他人呢？趕快去找出來再打電話給我。」菲利普沒有掛斷電話就匆忙跑回現場，聽到現場聲音的克茲，想像著多迪躺在地上的情景。

在倫敦的安全小組長戴夫收到了事故報告後，打了電話給特夫的母親請她放心，也告訴了法耶德家私人保鑣最高主管保羅・韓利・葛瑞夫有關多迪身亡的事。

特夫後來回憶：「當然對媒體來說，黛安娜是最重要的人，司機和保鑣都是次要。」但現在唯一生還的特夫，卻成了整個事件的焦點。菲利普回報說前座兩人也已經死亡後，克茲照樣告訴了在倫敦的保羅・韓利・葛瑞夫。

從警方到達以後，整個車禍就成了官方事件，交到了刑事檢察官的手中。在法國，只要車禍中有人喪生，不論是謀殺或撞車都會通知檢察官。司法部檢察署收到車禍報告數分鐘後，莫庫賈（Maud Coujard）女士便受命擔任此案檢察官。她立即展開行動，由她的先生載她來到現場，也一併召來了其他官員——刑事隊長、公共安全部主管助理和司法警察長。接下來的一整天，她都在忙著簽署展開調查、死亡宣告和核准引渡屍體回國等文件。

同一時間，消息也傳遍了全球各電視台。老法耶德約在清晨一點過後不久，得知車禍和多迪死亡的消息。一點四十五分，在黛安娜被送往醫院的途中，英國駐法大使也收到通知，他立即回報皇室，第一個告訴的就是查爾斯王子。

就在這個二十世紀末最重大的消息之一散布開來之際，命在旦夕的無名保鑣，正把他的性命交在一群消防隊員的手中。在救護車上，醫護人員在他的喉嚨插入導管助他呼吸，注入維生素至血管中，並盡可能阻止臉部繼續流血。在另一輛救護車上的黛安娜，心臟極度衰弱，途中救護車還不得不停下兩次替她急救。

多迪和亨利•保羅的屍體被送到了醫院太平間。保羅的屍體被解剖，多迪則沒有——因為按依斯蘭教習俗，屍體要立刻運回國安葬。兩人在零點二十三分皆已死亡，正式宣告則是在凌晨二點。

幾分鐘後，載著黛安娜的救護車也抵達醫院，特夫則是在二十分鐘後被送到。車子撞毀時兩人靠得最近，如今又同樣在相隔幾個房間遠的急診室內與死神搏鬥，與生命的戰鬥自此進入了另一階段。

替黛安娜急救的男護士多明尼克說：「我確定她抵達時完全喪失意識，而我一步也沒離開，她不曾片刻清醒過來。」急診室密切注意著她的心臟脈搏和氧氣讀數。

值班的兩名醫生，心臟外科的亞隆•帕維（Alain Pavie）和麻醉科的布魯諾•

里烏（Bruno Riou）在被告知病人抵達後，隨即展開手術。「在我們看了X光片後，立刻知道她有嚴重內出血。」護士說：「醫生切開她的胸部，找到出血的位置在肺部。」連結肺部和心臟的肺動脈岌岌可危。流了將近一個半小時的血，使得黛安娜的器官已經永久損壞，腦部也幾乎確定失去功能。護士說：「我們立即替她止血並進行輸血」。可是回天乏術，黛安娜的心跳愈來愈弱，為了保住她的命，護士直接向心臟注射了極量的強心劑副腎素（adrenalin），共注射一百五十針，每針五毫克，醫生也不斷地施以心臟按摩術，可是怎麼樣都沒有用。凌晨四點，醫生們放棄了，四點半時正式宣告黛安娜死亡。

奇卡尼醫生（Dr. Chikhani）在家中床上接到電話，說黛安娜發生了車禍被送到醫院，另外還有一名是她的保鑣，需要盡全力來救治。這一天是特夫最不幸，但也是最有幸的一天，因為身為全巴黎最佳臉部外科醫師的奇卡尼，抓起了衣服直奔醫院。三十五歲的奇卡尼，曾在新罕布夏（New Hampshire）習醫，說得一口流利英語。他曾在醫界人士夢寐以求的Internat de Paris中受過外科訓練，是精英中的精英。

到了醫院，他才發現入口全被大使館的車堵住。到處都是攝影師、照相機、媒體、警察和政府官員。折騰了一陣子，好不容易才終於進入急診室和吵雜的外面世界隔絕。這個連姓名也不知道的保鑣，失去意識地躺在床上，兩個人的這一段關係自此展開。

奇卡尼眼中看到的是一張破碎的臉。鼻子不再是鼻子，左眼嚴重受創，一直延伸到左唇和左頰，這大概是他見過最殘破的一張臉。所有看過各種疑難雜症的醫生，都上前來看這個不尋常的病例——好像一袋被壓碎的花生，有些碎屑還穿破袋子露出來。奇卡尼輕碰一下皮膚，整個臉就晃動起來還嘎嘎作響。

奇卡尼替特夫作了全身掃瞄，顯示腦殼並無裂痕，腦部也未受太大傷害，這算是特夫可以存活下去的第一個好消息。不過，他的左腕折斷，胸部受內傷，再加上臉部斷裂和移位的骨頭，非得動一次大手術不可。

其實骨折還在其次，首要之務是要讓特夫能保持呼吸。奇卡尼第一件要作的事就是進行氣管切開術，然後密切注意膀胱、肝、腎、和心臟等器官的運作。只有頭部的腫脹和流血被壓制住，才能開始作臉部重建，奇卡尼要一名神經外科醫師、一名眼科醫師和一名整型外科醫師評估情況，另一名麻醉醫師則在一旁準備動緊急手術。

八月三十一日週日天還沒亮，手術已然展開。醫師小組人員在特夫身上插了氣管幫他呼吸，整型醫師拉瑪替他固定住斷掉的左腕。奇卡尼醫師開始操刀，先清洗了臉上從上唇、左臉、一直到左眼下方的大片皮膚和血肉傷口以防日後感染，然後再加以縫合。另外也將右顎骨頭連接處暫時接回原位，在牙齒打上石膏，目前所能做的只有這些。

奇卡尼一面動手術，一面覺得相當興奮，因為像這麼殘破的臉實在難得一見。過去雖然也有一些癌症造成的病例，但病人都已去世，特夫的病例對年輕醫師來說是個很好的教學題材。他的心中一步步盤算著接下來該動的手術，但有兩件東西一定要取得——特夫的居家照片和牙醫記錄，但這應該不是困難的事。

對奇卡尼來說，真正最重要的是要讓特夫回復正常生活。他在心中對特夫說：「我要讓你變得和從前一樣—能呼吸、能看、能吃、能嚼、能張嘴說話和正常人一樣結婚生子。」記者們為了見到特夫，甘願付給他和其他醫生三十萬法郎，但一概都被逐出病房。奇卡尼知道，和特夫之間建立信任關係，是讓特夫活下去的關鍵。他雖然失去意識，但還沒有死，於是奇卡尼開始伸出手觸摸特夫，並對他說「你不會死」。特夫若想要活下去和做從前的自己，就非得有超人的意志，一切復原都得靠自己。

約在凌晨二點半，克茲在多迪公寓裡接到保羅・韓利・葛瑞夫的電話，要他準備好車輛，老法耶德將在五點鐘來到巴黎。

在倫敦的安全小組長戴夫清楚，有兩個家庭現在正為車禍的消息憂心如焚——特夫和克茲的家人。克茲還記得當他父親接到戴夫的電話後，對他的母親說：「我們中了比樂透還棒的大獎。」

四點五十五分，麗池飯店值班經理胡雷和克茲一起乘車來到機場迎接老法耶德。從未碰觸過老闆的克茲，此時拍了拍老闆的肩，要他節哀順變。

「很抱歉，老闆，還有其他的壞消息。」

「是黛安娜嗎？」

「恐怕所有的人都罹難了」。

一行五人乘車前去取回多迪的屍體。「這下英國政府可以如願以償了。」老法耶德在車上突然說出這句話，「沒人希望如此」克茲說，對老法耶德所說的話大表訝異。

抵達醫院時，是在死亡宣告後不久。老法耶德事後聲稱，護士將黛安娜的遺言轉告他，說所有留在多迪公寓的珠寶和私人衣物，統統要留給她的姊姊莎拉，醫院一再否認有此事，克茲也清楚這完全是胡扯，因老法耶德根本沒進到醫院裡面。他們只有在入口台階上和前來迎接的醫院主管見面，前後也只待了十分鐘。

醫院官員問克茲：「你是保鑣之一嗎？」「是的，怎麼了？」「你的朋友還活著。」克茲情急一把抓住對方，這是什麼意思？難道指的是亨利・保羅？

「是那名保鑣還活著。」突然間克茲腦中想到了特夫被截肢的情景，立刻問道：「他還好嗎？」

「頭部受了重傷」。

「好險，他可以撐過去的。」克茲抓起無線電話，大聲告訴所有弟兄：「特夫

四歲時的特夫和父親合照。特夫十七歲時發現父親倒斃在車子方向盤上，其後他說那是他一輩子最大的傷痛。

特夫早期身為橄欖球隊員照片。

軍旅生涯：在阿曼（Oman）駐守地進行機槍瞄準。

特夫為軍中游泳隊作仰式練習。

特夫在歐斯威區的家中。

全家福照。由左至右：特夫、約翰、吉兒、厄尼和葛瑞斯。

特夫與蘇於一九九五年時的結婚照。

法耶德的豪華遊艇尊尼卡號——特夫自忖有半個橄欖球場那麼大。

黛安娜和小王子哈利在聖卓佩茲騎乘水上摩托車，時間是一九九七年七月十七日第一次旅行時。

▼黛安娜和特夫於法國南部海灘相互揮手。特夫覺得她當時心情很好，也感謝她和小王子的加入，使法耶德家的氣氛輕鬆不少。

▲多迪的前女友，美國模特兒凱莉・費雪，旁邊是其律師葛洛莉亞。在多迪和黛安娜的吻照曝光後，費雪曾威脅控告多迪。

◀多迪和黛安娜於第二次在法國南部旅遊時的照片。

▲坐在尊尼卡號上的黛安娜遠距照。

▼特夫的老闆，也是多迪的父親－穆罕默德·法耶德在聖卓佩茲外海享受水上活動。孰料幾天後，此番悠閒的心情被徹底破壞。

◀一九九七年八月三十日抵達巴黎時，特夫領著黛安娜走下飛機。

▼特夫和克茲（著格子襯衫者）看著黛安娜上車，一旁是法耶德的司機菲利普（右）。

▲特夫、多迪和黛安娜在巴黎街上。

◀多迪和他信賴的亨利・保羅，
車窗上可以見到特夫的身影。

▶ 悲劇序曲：車禍前幾分鐘，被麗池安全攝影機拍下的亨利・保羅（左）、多迪和黛安娜。

▲多迪離開麗池，背對鏡頭者為特夫。

▼黛安娜由特夫和克茲護送上車。

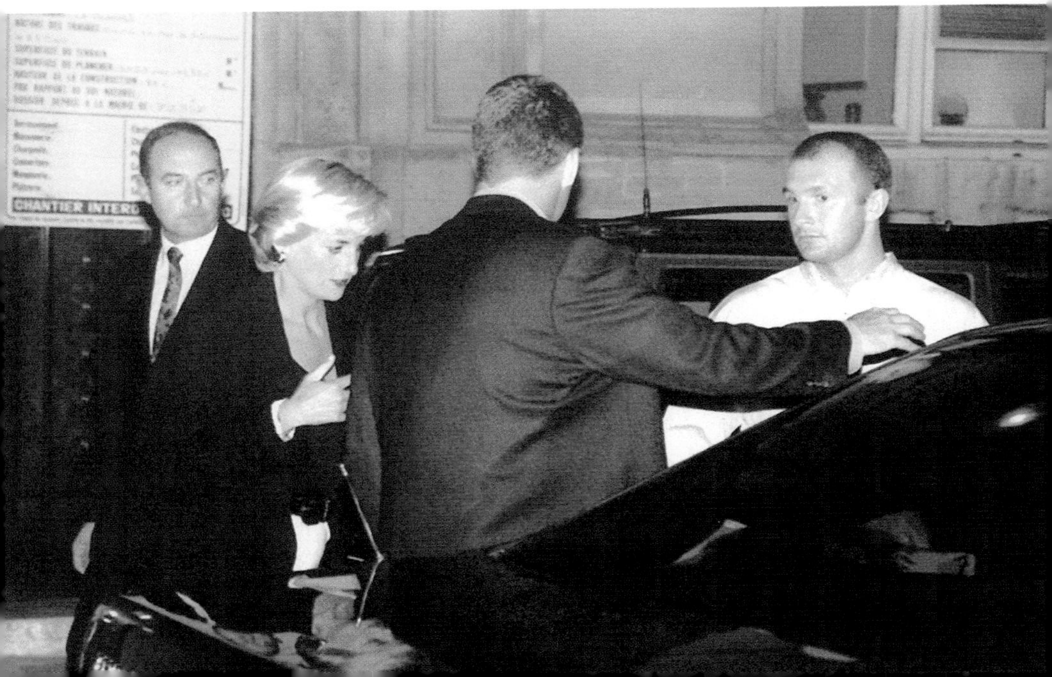

多迪和黛安娜被攝於車禍發生前。

阿拉瑪地下隧道。

撞毀的賓士車。

撞毀的賓士車俯瞰圖，警方正準備將車拖離。

賓士車被拖離作進一步檢驗，結果顯示車子狀況十分良好。

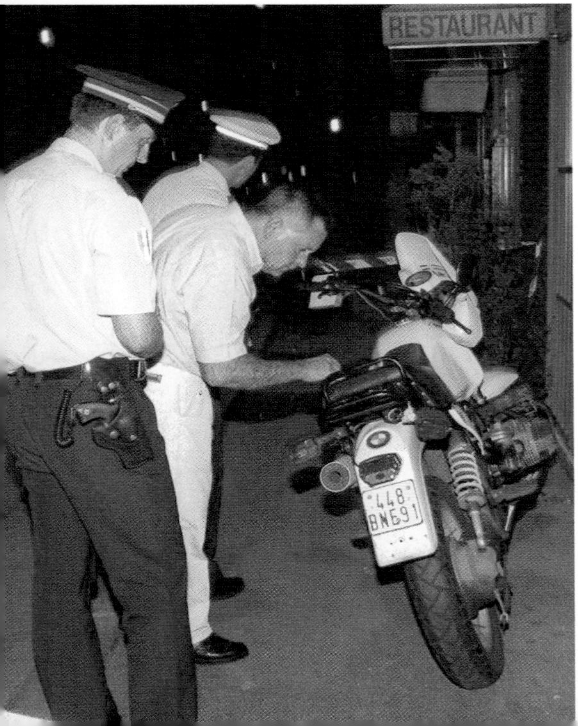

追逐賓士車進入隧道的狗仔隊機車。

在亨利・保羅被證明酒醉前，成為頭號公敵的攝影師群。

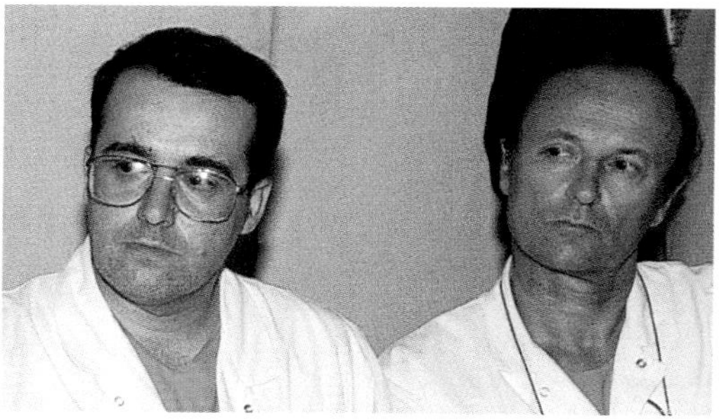

巴黎皮特・巴提亞醫院的布魯諾・里烏（左）和亞隆・帕維醫師，兩人在車禍後替黛安娜急救，可是無效。

九月一日，黛安娜的靈柩運抵皇家空軍Northolt基地，五天後舉行了葬禮。

還活著，向倫敦回報。」並向老法耶德報告了此事，只見旁邊另外兩名同事，也顯出一臉士氣大振的表情。

接著一行人來到太平間領取多迪的屍體，在等人開門的同時，老法耶德只是一臉驚愕地看著門被打開，此時的克茲對他深感同情。在收拾完了公寓的行李回到機場，老法耶德又再度開始對手下們下命令，像在找人發洩情緒，但克茲只知道，特夫的存活振奮了所有同事。

第七章　神乎其技的臉部重建

倫敦以成噸的鮮花對黛妃的香消玉殞表達不可置信與深切的哀慟，黎明破曉之前，第一把裹著玻璃紙的花束放在肯辛頓宮的門口，很快地花束如潮水般湧入，其中夾雜許多令人感動的照片、紙條和紀念物品，它們日以繼夜的向外延伸，圍繞成一圈芳香的花海，全球各地的教堂與大使館隨即成了靈堂，連足球賽也被取消，火車、巴士和地鐵擠滿前往瞻仰肯辛頓宮的一般老百姓。

怎麼會是血腥無情的車禍結束黛妃燦爛的一生？命運之神不應當為黛妃選擇這樣殘忍與平凡的告別式，這起悲劇該怪誰？在日出之前，偵查人員逮到刑事被告的目標，數百萬人看著電視上，一群神情漠然的狗仔隊從車禍現場被押往看守所，七個頭髮凌亂的人面無表情的坐在警車內，面對世人鄙視的眼光，目擊證人形容這些人的冷血行為——完全不伸出援手，在車禍現場像兀鷹般，不斷以機關槍的速度按著相機的快門，阻礙緊急救援的行動，法耶德的公關人員科爾（Michael Cole）在新聞發布會上譴責他們是「令人討厭的傢伙」，偷拍狗仔隊也在當天成為全世界的頭號公敵，法國當局展開調查後兩天內就鎖定九個人為嫌疑犯。

從八卦小報與電視網的角度觀之，在看到車禍現場後幾分鐘內，它們揪出另一個可能的原因——謀殺！暗藏陰謀！在早上六點四十分五十九秒，亦即黛妃被宣告死亡後兩個半小時，第一座專屬黛妃的網站誕生，緊接著十三分鐘後，又成立一個陰謀論團體網站，陰謀論很快席捲全球三萬六千個網站，抨擊MI6——英國的國際情報調查局之類的單位，受英國政府與皇室的暗中指使，造成這場車禍，連畏懼黛妃反地雷宣傳的軍火商頭目也有嫌疑。

曾吹捧多迪夏日戀情為國家榮耀的埃及媒體立即逮住陰謀論，大作文章，召集最優秀的傳記作家和記者，強烈譴責這是英國政府設計的完美謀殺，不計一切代價，阻止信奉回教的埃及名人和英國未來王儲的母親結為連理，利比亞強人格達費也附和這樣的指控，種族主義、適逢黛安娜懷孕，加以法耶德對沒落的埃及政府具有深遠的影響力——這些巧合的情節都正中北非陰謀論者的下懷。

車禍的噩耗傳來時，法耶德本身的陰謀論才剛萌芽，顯得相當低調，但是到了清晨五點，法耶德在車內大吼說：「我想英國政府這下子可稱心如意了。」有關亨利・保羅喝醉酒的謠言在法耶德的司機與保鑣之間迅速蔓延，陰謀論是一種本能的反應？麗池的老闆克萊恩向巴黎警局報案，它說車禍現場「有可疑的地方」，同時法耶德派遣資深保全主任麥克南馬拉（John Macnamara）在全球各地展開全面的調查。第二天也就是九月一日，浮現另一個支持陰謀論的強有力證據——多迪與黛安娜已經訂婚，即將步入結婚禮堂，因為科爾在一片鴉雀無聲的記者會發表：「多迪衷心希望與黛安娜廝守終生。」

這一切謎團的來龍去脈都有待保鑣特夫解開。

吉兒推開門進入107室時輕聲說道：「喔，特夫，為什麼每次都是你闖禍？」她走向一個全身纏繞繃帶、無法辨認的軀體，他身上插了許多條管子，藉此保住他的小命。

兒子正在生死垂危的關頭，他的母親卻說出這樣奇怪的話，但言語之中充分顯露吉兒對排行中間的兒子之關愛，和他的兄弟相較之下，這個兒子可說是經常惹禍上身——總想要仗義行俠，為弱者挺身而出，她經常為特夫的麻煩事傷神，但平常很少與兒子相互擁抱——這是家族的特色，吉兒也頂多看到特夫的爸爸柯林和兒子握個手表示父愛，但他們默默交流著孺慕之情。

蘇半夜打電話驚醒吉兒和厄尼，叫他們趕快去車禍現場，他們倆人受到的震撼久久無法平復。他們在凌晨三點就聽到電視率先披露黛安娜車禍的消息，而且聽到「黛妃傷勢極為嚴重，司機與多迪已經死亡，保鑣的傷勢也相當嚴重。」緊接著，有關特夫生死的報導胡亂陸續發布，他們的心情也有如坐雲霄飛車，七上八下不之所措，那些報導一會兒說他受傷、忽而說他死了，沒一會兒說他活過來了。後來黛安娜被醫師正式宣告死亡，全世界的焦點都投注在她身上，這時吉兒和厄尼只能零星聽聞保鑣近況的報導。大約到了早上七點半，法耶德在倫敦的人馬告訴他們：「不要相信胡說八道的報導，我們知道他還活著。」他們一定要到巴黎一趟：「我們再和公園道聯絡，他們幫我們安排班機，我們在那關頭根本不曉得機票錢有人出，一時之間也沒有想到這點，說實在的——我們只需要坐上飛機就好。」

蘇想要跟他們一道去，打電話給他們，他們說：「好啊！」即使她很擔心這對特夫造成不良的影響，但她還是特夫的老婆，她有權利去看自己的先生。當天下午在曼徹斯特搭上飛機，他們一行人在半夜就打包好行李，心神不寧的吉兒：「站在床邊，把一件燈籠短褲放到皮箱裡，然後又拿出來，我不知道自己在做什麼。」厄尼則換上黑色的西裝，吉兒說：「我無時無刻不在擔心他會死去。」

在悶熱的八月晚間，吉兒卻全身發寒戰慄的聯絡其他兒子，吉兒說：「聽到電話那頭傳來噩耗，我極度強忍悲痛才不至於崩潰，首先打電話給在伯明罕的大兒子葛瑞思（Gareth），他也搞不清楚特夫是做什麼的。」她向來很尊重特夫，他也將這份情意埋藏內心，後來他們打電話給厄尼在歐斯威區的兒子克里斯，這兩個男孩緊盯著電視螢幕，急切追蹤特夫是死是活的消息，他們這時「受到極深的震撼」。吉兒一直打電話，想要聯絡最小的兒子約翰，但「他不在家，出去度週末假期了，我不能只是在答錄機內留話。」吉兒快要急瘋了，約翰要是聽到這個消息，該怎麼辦？結果可能是約翰一整天都追著黛妃車禍新聞跑，卻全然不知那名保鑣是他的哥哥。

厄尼幫家裡的小狗蘇提綁上鍊子，帶著狗食與籃子走道鄰居家門口說：「實在很抱歉，我們家的小狗暫時寄放你家，謝謝你。」然後一家人驅車前往機場。

受傷保鑣是特夫‧李斯瓊斯的耳語在歐斯威區迅速蔓延，比報紙早一步傳開來，歐斯威區面臨黛妃去世和年輕男孩受重傷的雙重打擊，在地人突然發現這個年輕男孩竟是法耶德的貼身保鑣。私人俱樂部的副總裁歐文（Mike Owen）對媒體表示，「他從來沒談過他的工作。」鮮花湧向紀念黛妃的蓋葛拉斯公園大門，她生前從未走訪這個邊境的小鎮——史洛雪爾，但如今許多人在此默哀追悼，也為特夫掬一把同情淚。

蘇找不到她的護照，這是唯一耽誤他們行程的插曲，而後英國航空迅速以保護大人物的方式護送他們上飛機的頭等艙，不用接受任何盤查。吉兒感謝的說：「他們把我們護衛在羽翼下，迅速通關。」大家默默不語坐在飛機上，蘇快要跟特夫離婚的事情，有如一道牆橫在中間。蘇表示：「我們剛結束彼此間的感情，又遇到這種不幸的事，實在擔心巴黎那裡到底出了什麼事。」飛抵戴高樂機場時，空服員祝福他們一切順利，然後他們坐進一輛又大又長的禮車，玻璃全部是黑色的，皮特‧沙巴提亞醫院才剛進入眼簾，吉兒形容說：「我們的車子駛向醫院入口時，電視台人員、記者蜂擁而上、主要入口都塞滿攝影車，衛星碟，大家的鎂光燈和攝影機不停的閃動，還有好多好多人也要擠進去。」

他們像大明星一樣，被排山倒海的媒體人潮簇擁走上醫院的階梯和大門，法耶德和克茲十個小時前就已經到這裡，如今法國政府要員齊聚在這裡，向喪生於法國領土的英國王妃舉行追悼儀式。法國總統席哈克和他的夫人等待銀灰色的捷豹牌轎車和十輛隨行的警車，保護車隊裡面的查爾斯王子、英國駐法國大使傑伊爵士（Sir Michael Jay）、黛安娜的兩個姊妹——潔安與莎拉。有人告訴吉兒、厄尼和蘇：「等一下，查爾斯王子到這裡時希望和你們會面。」

厄尼全身顫抖的說：「就在那時候，一具覆蓋徽章花紋旗幟的棺材被高高抬著，來到那裡。」他們要運送黛安娜回到老家英格蘭，他們和王妃一樣陷入夢魘的境界。

醫師帶領他們進入電梯，到加護病房的樓層，他們穿過戒護特夫的法國警衛人牆，經過重生室的走道，他想說：「這是多麼棒的字眼，他們要刺激特夫重生。」從門口走到警衛室，「我們遇到一名國內報社的記者。」他們感到很驚訝，這名記者她是怎麼進來的？

她如何直接闖到他們面前？她說：「我是史洛雪爾星報的記者，我會說法語，我來這裡協助你們度過個痛苦的磨難。」這對夫妻本來就知道他們最不願意和媒體講話，他們揮著手說：「走開，我們沒什麼好說的。」但她堅持說：「但我會說法語。」她話還沒說完，警察就把她帶走了。吉兒很明白她「不能感情用事，必須保持理智」，否則她絕對不能應付未來的突發狀況，在她探望特夫之前，心裏頭急著想知道電視報導沒有追蹤到的真相，她說：「我要知道他的病情和醫生的診斷。」特夫受到的傷害是大腦受損或全身癱瘓？他可能會逃過劫難？護士將這一連串的問題交給普布森（Puybussent）醫師，在奇卡尼醫師在清晨動完手術後，特夫就一直由急診醫師普布森負責照顧，吉兒說：「大家要是看到我這樣子，一定認為我是不盡責的母親，但我也只會這樣子應付事情。」厄尼為退休的外科醫師，他在醫院工作太多年了，看到許多這類的傷患，普布森給他們看X光片，快速簡報頭骨內出血、碎裂與挫傷的大致情形，受傷的程度相當驚人。

吉兒看到他臉上的每塊骨頭都斷裂，但感謝上帝，他的頭骨沒有碎裂，他的肺部遭到穿透性戳傷，胸膜破裂引起細菌感染與肺炎，導致肺水腫，必須不斷抽水出來。但真正致命的傷害為腦水腫，醫生作了一次腰椎刺穿，在腦脊髓液內發現血液細胞，這代表說腦部遭到撞擊而受到劇烈擠壓，導致保護大腦的腦膜破裂，腦膜炎成了最大的生命威脅。

頭骨內的腦水腫可能對大腦造成壓力，引發全身器官與腦部重要功能衰竭，到時他將一命嗚呼，吉兒：「他也許會休克、肝昏迷或是腎臟衰竭。」躁動可能引起腦部重大傷害，躁動是由腦神經壓力漸增和不安的情緒所引起，特夫一定要極度保持鎮靜，如果他醒來的話，他很有可能傷害自己，醫師還不能判斷車禍是否已經造成腦部的傷害。

他的情況非常危急，院方時刻拼命減少他的水腫及穩定器官的功能，吉兒知道在特夫的臉骨開始碎成顆粒之前，一定要動臉部「重建」手術，若不趕在車禍後五至六天內動手術，而拖延三或四周的時間，到時候骨頭會變得容易斷裂，若有少部份的碎片，這些碎骨不能完全清乾淨，則臉骨有位移的危險。

在前往107室病房途中，他們已做好心理準備，照厄尼的說法，他們可能面對三種可能的情況：「若他沒有死去，他的腦部可能受到傷害，不然就是全身癱瘓。」

他們快到病房的時候，醫師警告說：「你們也許沒辦法認出那是你的兒子。」特夫的左手腕打上石膏，對一位教會醫院的護士而言，這是非常習以為常的景象，但吉兒沒有料想到特夫的頭部會變成這樣，許多條管子插入腫脹的頭顱，一張腫得像足球的臉龐，幾乎呈橢圓形，透過血塊與繃帶，她隱約看到好像被滾燙扁鍋砸到的臉，像卡通一樣，遭到重擊後，那張臉被壓扁變寬，他臉部的輪廓消失於無形，腫脹的眼皮壓得眼睛張不開，左邊眼窩有一條很長的傷口，旁人根本無法辨認他原來的樣子。

監視與維繫他生命的維持器說明他的身體狀況相當脆弱——鼻子插了鼻胃管、左手臂打點滴、肋骨間裝了一個人工呼吸器，他的胸膛裝置一座ECG，負責測量心跳，他手指上的電線連結脈搏顯示器，特夫已經變身為圖表、震動器、電子心跳器的組合，以前做過護士的吉兒對異常現象或心跳過於快速，通常非常敏感，幸好現在看來一切正常。

她一看那雙腳與耳朵，馬上認出那是她的兒子，特夫的這雙耳朵是他的個人標誌，以前最快樂的回憶到現在都成了走味的甜美。從前每到週六的下午，她和厄尼通常會跟特夫共度快樂時光，如今他卻包裹在一層層紗布內，打了鎮定劑，比剛進醫院的時候更沒有知覺，但醫師大聲吼叫，企圖引起他的反應：「特夫！張開眼睛！特夫！」特夫的右眼有輕微的反應，他的手臂與大腿也有間歇的抽動，他的身軀並沒有癱瘓，甚至想要走下床！好現象，但躁動是危險的動作，他的母親溫柔地握住愛兒的手臂，願他勇敢的活下去。

他們陪伴在特夫身邊大約十分鐘後，有位官員走上來表示：「查爾斯王子已經來了，請你們跟我來。」他們怎麼捨得走？這三個人很不情願的跟這個人走到大廳。

他們彷彿身處連續劇的場景，四周都有保安人員、警察和醫護人員，他們走向大門口，十二個人組成的歡迎隊伍井然有序的排在門口，他們被旁人簇擁，晉見查爾斯王子，這個悲痛的人依然能夠履行自己應盡的義務，安慰他們，就在這當兒，人群當中有位護士高喊：「你們的兒子醒來了！」厄尼感謝查爾斯王子的善體人意，讓他們十萬火急的回到特夫床邊，他說：「我們離開隆重莊嚴的場合與查爾斯殿下，立刻衝到後面。」大家圍在床邊，歡欣鼓舞的看著他的一隻眼睛緩緩張開，他們握住他的手，不約而同的喊出：「特夫！張開眼睛！」他竟然照做了。吉兒：「不確定他是否在看我們，但絲毫不用質疑的是，他知道我們都在這裡。」他們獲准多陪他五分鐘，後來他們再度下樓，但查爾斯王子已經和戴安娜的棺木都離開了。

在醫院的樓梯上，英國領事摩斯（Keith Moss）與吉兒、蘇互相擁抱，熱淚盈眶，他們又很快搭上一輛大轎車，不知道要載他們去哪裡，連一點線索也沒有，司機奉命帶他們到一處寓所，除此之外，沒有多做說明。到了一座拱門，轎車停在法耶德住所的門口，二十四小時以前特夫曾在這裡待過，他們遇到身強力壯的保鑣傑拉德，他經常和偷拍攝影記者纏鬥，奇怪的是，法耶德沒有派人出來，只有大樓管理員迎接他們。

他帶他們坐上古雅的電梯，牆壁砌著光滑的大理石，電梯門是雕花的鐵欄杆，到了四樓，一出電梯門，便見識到唯有豪門大宅才會的奢華裝潢，吉兒、厄尼與蘇以讚嘆的眼神四處觀賞，樓上的客廳大到可以當作舞池，擺設紅色與金色相間的巨大花瓶，餐廳有豪華的大理石壁爐，到處可見法國古董家具，花紋壯麗的地毯，牆壁掛著絲質的繡帷，吉兒檢查其他房間，發現六間臥房、兩間大套房，天花板、地板和牆壁全部以大理石雕砌，彷彿一座博物館。

他們走到金銀絲細工刻花的鐵窗旁，俯瞰下面的拱門，厄尼：「在這裡要是住得起一間小公寓，都很幸運了。」像平常一樣，吉兒打斷他的話：「但是看到這樣金碧輝煌的豪宅時，我簡直不敢相信眼前的一切，從來沒有來過這麼奢華的住宅。」

管理員向吉兒和厄尼說明，他們想吃什麼，都可以從麗池叫來，他們前一天到現在都還沒進食，吉兒回答：「也許我們可以叫點東西來吃。」沒有多久送來米色與金色的餐盒，足夠八個或九個壯漢吃到飽，裡面有冷羊肉與牛肉、鮭魚、新鮮吐司、沙拉和可口的法國小甜點，另外也送來一瓶葡萄酒和一盤像十七世紀畫作的水果拼盤。

美食當前，他們卻沒什麼胃口，豪宅的空調大開，他們卻感覺窒息急呼吸不順暢，吉兒拼命想告訴特夫，他是唯一的生還者，他能夠承受這樣的消息？她要何時以及如何告訴他這件事？吉兒和厄尼決定出去散散步，讓蘇一個人留在大廈裡面。

每到隆重的場合，纖細的吉兒一定會盛裝打扮，穿上白色優雅的套裝，一頭自然捲的棕髮柔順的披在肩上，但現在這些都不重要了。

接近午夜時刻，他們信步走到拱門旁，有輛車子差點撞上他們，趕快緊急煞住車子，在千鈞一髮時刻，厄尼本能的推開吉兒，他很生氣地用腳踹那輛冒失鬼的車子，他一定要用力搥打某樣東西，發洩心中的悶氣，然後他們漫步到路邊咖啡座，這時吉兒忍不住笑了出來，她突然想像自己躺在特夫旁邊的病床上，厄尼被關到巴斯底監獄了，這樣的黑色幽默緩和凝固的氣氛，他們便坐下來，點了兩杯啤酒，發現這竟然索價八英鎊！他們的錢一定不夠在這裡待上兩天的時間，但他們算感覺好多了，只剩下一件事讓他們耿耿於懷，他們互相乾杯，將啤酒一飲而盡，祝福特夫早日完全康復。

周圍散發的熱氣依然沉悶、讓人透不過氣，他們的背部都溼透了，他們打電話給醫院，詢問特夫的現況，然後心事重重的上床睡覺，但在床上輾轉反側，根本睡不著，對於法耶德如此的照顧，他們至今雖然仍不敢相信，卻懷著感恩的心情，他甚至派菲利普當他們的司機，他本來是多迪和法耶德的專屬司機。幾天之後，菲利普開車載他們去醫院的途中，給他們一個信封袋，說那是克萊恩給的。他們打開信封，發現裡面有兩千五百法郎，後來他們遇到克萊恩先生，連忙和他道謝：「非常感謝您。」克萊恩：「不要謝我，那是法耶德給你們的生活費。」

當晚克茲在公園道（Park Lane），聽取保羅・韓利・葛瑞夫的簡報，多迪的棺木和法耶德搭乘直昇機到達巴特西機場之後，克茲隨即坐上噴射機，飛回倫敦，法耶德在機場與特夫的家人會晤，他最近也出現在麗晶的回教清真寺祭祀和出殯儀式，像海上巡邏艦一樣，環繞在哈洛百貨四週的光環逐漸退去，一座展示窗內設置紀念這對戀人的神龕，侍女歡迎克茲回到公園道，有如歷劫歸來的倖存者。

「你還好嗎？」

「嗯，我還好」

「特夫好嗎？」

「他受到很好的照料。」於是克茲詳述葛利菲斯的簡報——媒體不斷的騷擾、讓保羅開車以及從後門溜出去是多迪的主意等等，但是他太麻痺也太疲倦，沒辦法感受到這些事件引起的騷動。

葛利菲斯告訴他：「你最好先回家。」他本來就打算這樣，這是「我在組織裡面五年來第一次遇到如此糟糕的假期，為了謹慎起見，我還是先避個鋒頭。」他在公園道待了一天左右，後來照原訂計畫跟兩個朋友去了一趟愛爾蘭，走訪克爾克尼（Kilkenny），也參觀哥爾斯橋（Goresbridge）馬匹拍賣會，不管如何，悲劇都已發生了，或許他只想要跳上渡輪前往羅斯來爾（Rosslare），買一匹馬，然後像老太爺一樣喝個酩酊大醉，「我要離開報紙和電視越遠越好，重新做個平凡的人。」

週日，律師伊安・盧卡斯（Ian Lucas）和整個歐斯威區小鎮都在緊盯電視的報導。當天清晨他聽到六歲的女兒一路尖叫跑到父母的房間，她說：「爹地、媽咪，我聽到好可怕的消息喔，威爾斯王妃死了！」聞訊之後，他久久不能回神，雖然他半睡半醒又不是忠貞的保皇黨，卻是個多愁善感的人，「聽聞這樣的悲劇，我的眼睛不禁泛起淚水，我想這真得很悲哀。」像大家一樣，他也寸步不離，守在電視機旁邊，快到中午的時候他聽到電視報導有一名保鑣逃過一劫，也許在哪裡聽過這名字，但是他沒有特別記下來。

後來他的電話響了，是克羅福・盧卡斯（Crawford Lucas）律師事務所的秘書泰莎・利歐德（Tessa Lloyd）打電話到老闆的家，她說：「我想你應該知道公司有承辦那名保鑣的案子。」盧卡斯起先不明白她的意思，她接著說：「就是特夫・李斯瓊斯。」他才想起這號人物，雖然彼此從未謀面，但他突然想到，公司有位承辦婚姻糾紛的年輕女律師琳達・希爾（Linda Hill），正在處理特夫的離婚案件，況且，利歐德與特夫的交情可說匪淺。對盧卡斯而言，他說：「現階段來說很難理出頭緒，雖然我立刻明白世人的目光大都集中在他身上，我們要做些事情，但我陷入兩難的困境之中，一方面很想伸出援手，另一方面卻不要像救護車一樣，追著他跑。」結果在那個週日，他什麼也沒做。

大衛・克羅福（David Crawford）是公司前任的老闆，在週一早上進辦公室以前他完全不曉得之間的關聯，他爬上兩百年的老舊樓梯，到了三樓的辦公室，他現在是半退休性質的顧問，以前的辦公室在樓下，現在是盧卡斯坐在裡面，他在幾個月前將公司賣給盧卡斯。琳達一邊爬樓梯，一邊問說：「你知道我們事務所現在有承辦特夫的案子，就是那個保鑣？」

克羅福實在難以想像這和車禍悲劇有所牽連，但他確實認識特夫的老爸柯林・李斯（Colin Rees），他算是克羅福的好朋友，柯林為開業的綜合科與外科醫師，擁有良好的名聲和醫術，他是克羅福的醫師，克羅福的父親為牙醫，自己又是威爾斯人，他自然是比較親近這位醫生，雖然從來沒看過他的兒子，但兒子的個性如果有些像老爸，恐怕要費很大的勁，才能讓他保持鎮靜，克羅福：「柯林是很棒的傢伙，個性很強烈——沒有人敢和他瞎搞胡纏，從以前軍醫的工作培養過人的膽識與活力，他的交友相當廣闊。」想起特夫的父親種種時，克羅福以超乎想像的熟悉感，聊起他的兒子，柯林的心臟病在壯年時期發作，導致家人陷入愁雲慘霧，如今又得忍受這樣的磨難？

克羅福和這家人很熟，常為他們處理訴訟糾紛，他們這回一定要伸出援手，他立刻找盧卡斯商量此事，他們一致同意，遇到這麼大變故的李斯・瓊斯家人肯定需要法律顧問，他們聯合草擬一封信，寄到醫院，信中聲明他們是「目前住院的特夫・李斯瓊斯的律師，若醫院希望任何形式的協助，他們樂意幫忙，他們也會儘快寄發這封信給他或他的家人。」他們說：「感謝你為我們的客戶和這次可怕事件的犧牲者所做的一切。」他們在九月一日週一下午十二點三十五分，以傳真機傳送這封信給皮特・沙巴提亞醫院，但巴黎的那場車禍引起一片混亂，他們想大概沒有人會注意這封傳真。

這兩位律師以這封傳真信函，毅然跳入全球矚目的車禍案件，他們向來以承辦民事案件為主，例如遺囑、離婚、個人傷害賠償、小額的求償與企業的爭訟，但面對如此特殊的案子，他們絲毫沒有畏懼之色，盧卡斯出身於東北部工業城的勞工階級家庭，理智告訴他應該去牛津大學研讀法律系，從此他對統治階級不再懷有恐懼，他年僅三十七歲，已在最近一次的大選中，代表北史洛雪爾的勞工黨角逐國會議員，即使這裡的國會議員向來為保守黨籍，但盧卡斯比以前的勞工黨籍候選人表現更為出色，從這次參選的經驗，他學會一些應付媒體的技巧。

無論是到歐洲大陸旅行或是教書，克羅福都能以流利的法語和他人交談、閱讀與書寫文章，若有需要的話，他也有時間和資源去幫助別人，傳真信件寄出去以後，克羅福打電話給蘇的父母親，他們目前在華盛頓，他是她老爸瓊斯（Ieuan Jones）的朋友，他們兩人曾經一起遊覽西班牙，他告訴瓊斯：「若你連絡道吉兒和厄尼，你可以跟他們說，我們代表特夫處理訴訟案件，樂於盡我們所能協助他們，我會說流利的法語，隨時等候差遣。」

在巴黎的那個早上，有人敲他們的門，打開一看是個年輕女人，她說：「我是蜜莉亞（Myriah），我和特夫在同一條船上，我能為你們效勞？」她是多迪的按摩師，她解釋說她的體內有神奇的能量，對於需要能量的人都會有好處，她擁有神賜予的能力，並自稱是特夫的好友，吉兒說：「在那種時候，我們很需要支援，只要沒有壞處，總會有些好處的，我很樂意接受他人善意的對待。」

所以他們四個人開車到醫院，大約中午的時候拜訪特夫，圍在特夫的床邊，吉兒與厄尼各牽特夫一隻手，蘇站在後面發覺自己無手可牽，厄尼覺得她被冷落一旁，這時蜜莉亞把手放在特夫的頭上，好像在為他祈禱，卻得不到反應。

然後這三個人退開，蘇向前貼近特夫和他說話，他立即有反應了，吉兒說：「他完全針對她做出反應，他認出她的聲音。」真是好現象，但是她立刻閃過保護兒子的念頭，「這讓我清楚他的記憶狀態，也明白蘇不應該留在這裡。」他醒來後會記得他們已經分居？吉兒發現，特夫手指上雖然沒有戴結婚戒指，但他顯然是依然愛著她，若他需要她，她卻不在那裡，該怎麼辦？但是吉兒很清楚蘇完全沒有破鏡重圓的意思，蘇曾經充分表明此種立場。

在吉兒的催促下，蘇在那天就回家了，她總是煩心的說：「要是蘇留在那裡，也許對特夫不好，天知道會怎樣。」這不是對蘇的個人攻擊，但現在半昏半醒的特夫實在是太脆弱了。

吉兒：「普布森醫師曾建議我們，我們必須帶他重回現實的世界。」於是她開始跟他說話，試圖喚回他對蘇做出反應時的微弱意識，她像女巫一般，反覆念著四件事情：「曾經發生意外事故，你目前在巴黎，你在醫院裡面，你一定會好起來。」

回到華廈後，他們會晤了班恩・莫瑞爾（Ben Murrell），他是溫莎（Windsor）莊園的警衛，他覺得自己是特夫的好哥兒們，奉命隨時支援吉兒與厄尼的需要，他每天都會騎腳踏車來，現在有司機和班恩作為後援部隊，他們能夠無後顧之憂，全新照顧特夫。

但媒體依然陰魂不散，每當他們走到陽台，厄尼沮喪的說：「就會發現四周都是攝影記者，正在拍照，只有老天爺知道這是怎麼回事，我想他們早已聽到我們暫住於此的風聲，伺機而動。」這對來自歐斯威區的夫婦成了偷拍狗仔隊的第一目標，每次他們想要離開寓所，厄尼說：「立即有一堆人湧上前，擠得我們喘不過氣，好像被團團包圍一樣。」厄尼極度厭惡媒體的窮追不捨，也許就是這種壓力造成意外事故，「我覺得這些人得負絕大部份的責任。」

九名狗仔隊與一名摩托車騎士很快成為法國警方鎖定調查的對象，根據法國「援助緊急危難」的法律規定，除非援助危難者威脅到自己的安全，否則旁觀者有義務救助他們，因此偵辦的方向朝向非蓄意謀殺的罪刑，也就是他們在現場未能緊急救援陷於危難者與受重傷生還者，若他們被檢方起訴，法院判決這項罪名成立，他們最重可能被判決五年的有期徒刑和巨額的罰金。

最讓人吃驚的是吉兒與厄尼還沒有被偷拍到一張照片，但全世界都想知道保鏢的背景，要求採訪李斯・瓊斯的聲浪排山倒海湧向英國大使館，並要求吉兒與厄尼參加週三的會議，除了討論應付媒體的問題外，也將這兩個人正式介紹給大使認識，事情變得越來越複雜，蘇的父母親在那天打電話告訴他們，克羅福毛遂自薦，願當法律顧問一事，在週一的晚上，他們打電話給歐斯威區的克羅福。

他問：「你的兒子怎麼樣？」

吉兒：「他的病情可能好轉，但也可能惡化。」克羅福由此可知她和厄尼會以最腳踏實地的方式度過這場苦難。

克羅福認為眼前還沒有法律上的問題，特夫依然昏迷不醒，克羅福與盧卡斯不能代表他說話，但他勸告吉兒，若巴黎的情況出現變化，應該馬上打電話給他：「如果你需要我們，我們會出面幫忙的。」

他和吉兒聊天時，克羅福提及，他在英國電台聽到的大新聞：在那位司機血液裡面，酒精所佔比例為法定上限的三倍，經證實他是酒醉駕車。

這是一條非同小可的新聞，爛醉的司機！數百萬的追悼者聞訊後簡直不敢相信這消息，原先他們以為這是獵人與獵物之間史詩般的追逐戰，如今卻變成普通的酒後駕車意外事故，難道他們也錯怪那些偷拍狗仔隊，反而是麗池一名員工涉有重嫌。

吉兒沒有聽過這些消息，克羅福可是大為吃驚，他問：「你現在接受法耶德家族的照顧？」沒錯，正是如此，她不能透露住所的地點，只給他一個電話號碼，法耶德的手下現在很盡心的照料他們，克羅福聽到後便安心了，但是吉兒打來的第一通電話，可能是因為她急於打探外面的消息。

律師聽到這條新聞後心理開始盤算，他揣測法耶德與麗池飯店之間可能起衝突，這對特夫也許會造成困擾，特夫在執勤之際受傷，他是無辜的受害者，他必須保護自己的利益和權利。此外，克羅福也曉得，法耶德急欲探尋特夫醒來後可能透露的線索，當前唯有特夫知道車禍前三分鐘到底發生什麼事情，隨著媒體揭露肇事的原因，牽扯出是麗池一名喝醉酒的員工——保羅，這時不用抽絲剝繭也能猜到，法耶德一定處心積慮想要早點喚起與探尋特夫的記憶。

從第一天開始，媒體即掌握到特夫記憶的重要性，對於特夫還不能開口講話，很早便難掩失望之情，週一報紙頭條醒目的寫著：「警方等著聽取關鍵的證詞！」三天之後鏡報也大肆報導：「刑事偵查礙於李斯・瓊斯的病情，目前已陷入僵局。」

但在特夫動臉部大手術之前，需要保持極度的鎮靜，在九月二日當天，吉兒與厄尼首度與奇卡尼會面，離手術的日子更近了，醫師進去病房，檢查腫脹的情形後，他希望越快動手術越好，特夫依然腫脹，胸部的傷口感染使得體溫升高，但奇卡尼卻相當樂觀，腫脹的頭部逐漸消退，那天進行新的檢驗，觀察他是否能夠動手術，吉兒與厄尼認為：「他迫不急待的想為特夫動手術，像模型玩具一樣，再把他組合起來，他相信手術一定會成功。」他們被這個青年打動了心，留下深刻的印象，「這位大夫兼具熱心、愛心與毅力的特質於一身，年紀大約三十多歲，說一口流利的英語。」

奇卡尼從一開始就擺明他不跟媒體打交道，他是一個醫生不是演員，每次他打開電視機或是收音機，特夫的臉龐馬上會浮現在眼前，這些報導真是錯得一塌糊塗！在車禍後第一天的下午，他聽到報導說特夫沒有舌頭了，他因為氣管切開術而不能開口講話，外界卻傳出這種謠言，可是特夫的舌頭確實還在啊！

醫生和病患之間的互動非常重要——可說是最重要的，他一定要傳達信賴、遠景與希望，但是特夫現在還不能動手術，在此之前，奇卡尼唯有經由吉兒，才能和特夫溝通，他花費同樣的力氣憑藉吉兒的協助，與特夫進行接觸，厄尼和其他人或許也在病房內，但他們有如空氣般，醫師只對吉兒講話，以術語和一般的內容講解事情，他認為吉兒是照顧自己兒子的絕佳人選，她以前做過護士，但她處處顯露溫柔的母愛，他驚覺自己實在太幸運了，打著燈籠都找不到這樣的人選來照顧病人吧？

他輕聲的對特夫說：「這是你我之間的盟約，你雖然有口難言，但你的母親曾說她相信我，也信任我，我可以照顧她的兒子。」她成了特夫康復的關鍵，靠她這座橋樑，三人小組緊密結合在一起：醫師、特夫與吉兒。

但法耶德這邊的人老早就強力建議特夫應該轉診到私人的美國醫院，法耶德對特夫的福祉不斷表達他的關心，吉兒與厄尼對此都充滿感激——也許法耶德覺得在特夫重要的康復階段插手干涉，對他比較有益，但特夫的父母拒絕他的好意，因為他們在皮特•沙巴提亞醫院感覺很自在，他們完全信賴醫院，況且，現在的特夫絕對不能隨便移動。

奇卡尼有一次親身的感受到法耶德所施加的壓力，他說：「以特夫特殊的貴賓身分而論，法耶德認為這家醫院不夠好，所以他從美國醫院聘請幾位醫師過來，他們都是重金禮聘的名牌醫生，但是他們來到這裡，看到特夫的狀況後，馬上說這樣很好，很好，他應當留在這邊。」同樣身為外科醫生，他們知道你一定得做過許多臉部重建的大手術，才會有精湛的醫術，也許他們覺得自己做的手術還不夠多吧！

這些是奇卡尼贏得信任的原因，他熱愛外科的工作，也視病患為親人。

特夫臉部的輪廓已經遭到破壞，奇卡尼這時需要照片的幫忙，吉兒與厄尼雖然帶來一些照片，但都派不上用場，他們趕緊打電話回歐斯威區，十萬火急的尋找相片，一定要清晰顯示臉部輪廓的照片，對了，可以用他的結婚照，所以特夫在律師事務所的朋友——泰莎發狂似的搜尋最適合的照片，然後寄了一大袋的相片到巴黎。

那一天順利的結束，新出爐的CT掃描圖片顯示腦水腫已經大幅消退，重生室小組同意為他開刀，手術日訂在兩天以後的週四，也就是九月四日，當時奇卡尼真是欣喜若狂。

手術的前一天，亦即週三當天中午，吉兒與厄尼依約前往英國大使館，與大使會面，他們坐上菲利普駕駛的大型的禮賓車，車行不過數百碼便到了大使館——吉兒與厄尼若步行來此，只要花三分鐘的時間而已，前門聚集許多媒體人員，所以他們直接開到後門，進入花園，他們在這裡與麥可爵士與夫人傑伊會晤，並且奉上很棒的好茶，吉兒與厄尼不明白為什麼他們不能像平常般互相乾杯，難道因為她們在英國大使館？吉兒解釋：「每回我倆喝飲料的時候，無論身在何處，總是會舉杯祝福特夫早日康復。」大使夫婦聽了覺得很有意思，即使茶水透著熱氣，他們還是乾杯了，祝福特夫身體完全徹底的復原。

喝完茶以後，他們頭一遭閱讀黛妃車禍的剪報，吉兒與厄尼驚愕的看著車禍與特夫的報導，他們越看越生氣，實在不忍看下去，但他們答應瀏覽大使作記號的文章，他們從沒有跟媒體說過一個字，特夫現在也不能講話，但這樣的沉默不能阻止媒體吹捧特夫為戰功彪炳的英雄，特夫若知道這件事，他會羞愧的鑽到地洞——他從來沒有參加過波灣或福克蘭戰役，也沒有在皇室禁衛隊服役，更沒有在伊拉克揮兵入侵時逃離科威特。

吉兒與厄尼很清楚特夫現在還沒有完全恢復意識，但英國一家報紙報導，這位前皇室禁衛隊的隊長會完全恢復健康，在他動手術的那天，鏡報報導「他因為那場可怕的車禍，失去了舌頭和半邊臉。」這謠言很快傳播到美國一家公司內部，他們好心的送給特夫一台語音電腦，彌補他失去舌頭的損失。從一開始就是憑空的幻想，這樣根本是胡說八道與不負責任，要不是大使的要求，他們早就看不下去了。

一陣無助感襲擊吉兒和厄尼，厄尼：「大使館要我們對外發言、公開露臉，但是被我們拒絕了。我認為大使館從媒體那裡得到的情報，也就是說我們不對外發言和法耶德有關，我們聽命於法耶德的指示，但事實上，完全不是這麼回事，而是因為我們那時的情緒依然很激動，只要對我們隨便問一個問題，都會引發媒體想要看的好戲……」吉兒接著說：「看到我們崩潰。」大使館想到一個兩全的辦法，吉兒與厄尼予以照辦，他們寫了書面的聲明，轉交大使館公開發表這份聲明，他們不接受媒體的採訪。

他們離開大使館時，趕緊去拿行動電話，他們需要這支電話，以等待查爾斯王子在下午五點三十分到七點之間的來電。

他們再度漏接查爾斯的來電，他們把手機留在車內，因為醫院裡面有敏感的電子器材，他們不准在病房內打行動電話，查爾斯可能來電之時，正好與他們晚上例行的探病撞時，厄尼：「我們覺得很糟糕，兩次錯過殿下的電話，我們經常想像司機在車內接到手機，真的有跟查爾斯王子講話，他會說些什麼話。」

在第二天早上，奇卡尼拿起解剖刀，循著車禍留下的疤痕，劃開特夫的臉皮，刀子首先劃過上齒之上的口腔，然後劃開下齒之下的下巴，接著開始剝開到下顎為止的半張臉皮，早上七點三十分起他進入手術室，迎接外科生涯以來最刺激的挑戰——完全重建特夫的臉骨，雖然他之前從未見過其中一些傷口，但是他至少知道，他可以應付多數的技術性挑戰，最棒的是，真得很特別能看見活生生的病人臉部的骨頭同時各自歸位。

特夫的生命跡象一天天增強，麻醉師當天早上檢查特夫的心臟，認為他已經夠強壯，禁得起手術的折磨，但是對病人與醫師而言，長達十一個小時、甚至可能拖到十二或十三個小時不停歇的手術，都是吃力的考驗，若手術成功，特夫會有一張完整的臉，他的生命才有機會過正常的生活，他以後走上街頭，才不會感到羞恥，讓他重回個人隱私和無名小卒的生活，多數人要失去過，才會視之為珍寶。

奇卡尼在動手術時候，喜歡自然光從窗戶流瀉進來，但是到處都有拿著長鏡頭的攝影記者，他們對這件事必須做到保密功夫，他們在所有的窗戶上都加裝簾幕，醫療小組的組長警告每位成員：「如果你敢對外人透露半個字，就請你走路。」

特夫一系列的結婚照貼在病房的牆壁上，距離特夫僅有兩公尺，真是諷刺。這些照片引導觀賞者瀏覽特夫的流金歲月——這個笑得開懷的男人在綻放笑顏的美麗女人身旁尤其顯得開心，奇卡尼看到照片時，他知道在車禍前，大家都會多看特夫幾眼，不只是因為他是戴安娜的保鑣，而且以容貌而論，他稱得上是一名帥哥，你當然會考慮解剖上的構造，但也要顧及美學的觀點，你不能太自以為是，醫師不能依照自己的意思重建特夫的臉，而應該幫忙特夫找回以前俊俏的臉龐。

他的首要目標：百分之百還他原來的臉和臉部的功能——讓特夫恢復以前的模樣，他的第二個目標是一次手術解決這些問題，以後也很難再動這種手術，更難的是到時候成功機率會更渺茫。

手術前的氣氛非常緊繃，但奇卡尼開始動手術後，緊張的情緒一溜煙不見了，他的腦海早已模擬過這場手術，經過三天的反覆演練，他完全掌握每個手術的步驟，完全清楚的呈現眼前，他只要牢記在心即可。

首先，他告知特夫即將發生的事情，他再度告訴特夫：「你不會死的。」經過漫長的一天，他會努力回憶結婚照裡面的男人五官對稱的結構以及補抓他的神韻。

若吉兒一看到特夫被撞扁的臉，馬上聯想到卡通人物，那麼這場手術更像是科幻小說，奇卡尼用手術刀劃過特夫的臉上，接下來痛苦的掀開臉皮到下顎的位置，透過這些獨特的刀法，特夫的整張臉皮全部外翻，一次掀起半張臉皮，雖然這和好萊塢的恐怖片「剝面煞星」相較，只是小兒科，那部片子有個極為可怕的鏡頭，就是有個人的臉皮整個被撕下來，貼在另外一個人的臉上，但那在外科卻是最不可思議的刀法之一，這和剝柳丁皮根本是兩回事，而是奇卡尼所形容的「地下工作」。此舉目的在避免留下任何疤痕，就好像沒有開過刀一樣，不需要蠻力，皮膚是層層相疊的，一層皮膚連著一層皮膚（有表皮、皮下、肌肉、血管）和糾纏不清的神經，你帶著一對銳利無比的手術刀進來，一步步切開層層皮膚、鑽探、掀起、從骨頭之中釋放神經線與組織，臉骨自然裸露出來，你的手法一定要精確及精簡，若不慎弄傷神經，特夫就會顏面麻痺，同時要控制出血量——流十二個小時的血液，臉皮還沒有黏回去，在手術進行期間，血水不斷從血管向外滲透。

只需花費半小時即剝下特夫的下半張臉，或頂多一小時的時間，奇卡尼看著血肉模糊的顏面——嘴巴、下顎與下巴，他面對斷垣殘壁的景象，正如他先前的預期，眼前的景象是骨頭斷裂、破碎、擠成一堆、鬆動，牙齒也被撞得歪七扭八，這簡直是一團糟。

下巴骨骼的縫合是重要的關鍵，上下顎與牙齒相互咬和，奇卡尼解釋說：「我們現在要從內部接合，特夫。」他在頰骨外側穿過一條線，然後拉過來，從上到下穿過上下顎，形成兩條弧線，然後他的縫線穿過兩顎——繞過每顆牙齒，然後和弧線綁在一起，以許多縫線固定兩顎，然後闔上嘴巴，皮膚重新覆蓋在嘴唇上，加以壓緊，但還沒有縫合。

手術進行到此，卻連一半都還沒完成，他是手術小組的資深外科大夫，另外有些住院醫師從旁協助，他們和護士每三個或四個小時輪番上陣，給予他及時的支援，住院醫師在旁邊協助手術的進行，他們通常能夠藉此機會觀摩學習，有位資深的外科醫師大約幫他一個小時，但奇卡尼中途不能停下來，你開刀的時間不能拖到四十個小時——病人根本受不了，你不敢如此嘗試，他完成下顎的手術後短暫休息二十分鐘，吃點東西，這是他唯一休息的時段。

然後他的注意力轉移到上半邊的臉部，即將展開手術之中最漫長、高難度的一部份——眼睛和鼻子，重複下半張臉的流程。他先切割特夫的頭頂，從一支耳朵劃到另外一支耳朵－動作要很小心，不能割斷頭髮下面的血管，以免特夫變成禿頭，然後小心翼翼把表皮掀開至眼睛下面，考驗技術的極限，這時他看到血肉的顱面骨，奇卡尼第一次親眼目睹破碎的骨頭，即使先前已從X光與掃描片看過這些碎骨，顏面的中段嚴重的位移——被往後壓得扁平，他看起來像個東方人，他的眼神非常渙散，眼眶下陷一英吋的深度，從側面看，他的鼻樑凹進去，落在嘴巴與牙齒後面。

這位醫師手上拿著細小的鈦金屬片，附有螺絲與橡皮圈，鈦金屬相當輕，質地堅硬，可以隨臉型調整彎度，他用特製的鉗子，使每片金屬板彎曲成形，以便貼到骨頭上，他要固定斷裂的骨頭，在兩邊貼上金屬片，然後鎖緊螺絲，重新接上斷裂的骨頭，他將顎關節和顱骨、頰骨和顴骨重新接合，重建橢圓形顏面的底部（眼眶和臉龐兩邊的弧線），臉部中段也一併向外突出。

現在的眼睛看起來很怪誕，特夫的眼睛雖然下陷一英吋，兩隻眼睛分得很開，大約為正常距離的兩倍，但是經過他仔細觀察，竟發現兩隻眼睛奇蹟似的完好無缺，他告訴病人：「我們會幫助你眼睛恢復視力，這樣一來，你看的東西才不會有兩個影子，你的眼睛會變好。」幾個小時以來他像技工一樣，輕柔的移走骨頭碎片，並且用最纖細的鉗子鎖住鈦金屬的螺絲，輕柔的接合斷裂的骨頭，如果下半張臉是紀念碑，絕對稱得上鈦金屬片的紀念碑！這部份裝了三十或四十片的鈦金屬。

他說：「特夫，我現在要重建你的鼻子。」他從大腿骨抽了一小塊骨頭，接到頰骨處，建立突起的鼻樑，然後植入軟骨與血肉，特夫就會有堅挺的新鼻子。

經過五個多小時，他完成特夫上半邊和中間顏面的整形——眼睛、鼻子與頰骨，然後將皮膚重新蓋上，並以訂針縫合頭皮。

到了下午六點三十分，他開了逾十一個小時的手術，該整形的地方都已經整修，而後才縫合嘴唇的皮膚，而充滿細菌、最容易遭感染的切割傷口留到最後，奇卡尼和助手拉回下半與上半邊的臉皮並加以縫合，若特夫臉上以後會有新的疤痕，奇卡尼確定那一定是意外等因素造成，他希望不是因為這次的剝皮手術。

他要等上一個禮拜的時間，才能確定他是否動一次手術就夠，還是要再動一次，要是如此，他會覺得自己失敗了，但是特夫腫脹的頭顱綁著繃帶後，奇卡尼脫下手術服，換上便服，感覺一身輕鬆，他對今天自己盡力的表現感到滿意，現在特夫必須找到復健的勇氣，奇卡尼現在得打電話給雙親了。

對吉兒和厄尼來說，他們的世界只剩下華廈的牆壁和滿腦子的特夫，在這十一個小時內他們更不可能離開，在渾渾噩噩過了四天之後，吉兒首次有機會靜下來思考，厄尼找到獨特的療方，希望在混亂的環境中理出千頭萬緒，那就是將每天發生的事件寫在小抄上，到晚上再完整記錄這些小抄，現在吉兒靠著寫信給好友海倫的方式，淨化渾沌的心靈，海倫是她的好友，以前在外科部的同事。

親愛的海倫：

今天是特夫顏面整型大翻修的日子，我們在大廈裡面鎮日守在電話旁，不用懷疑的，我們最關心特夫的病情，他現在還沒有完全清醒，昨天覺得他認得我們，我想他認出我來了，他每天固定服用鎮定劑，直到手術後醫師才會叫醒他，若他真的醒過來，我們無法預知他那時候的精神狀況，大夫深信他腦部的創傷很輕微，不會遭遇長期的損害，但是他對車禍及意外之前存有多少記憶，則有待觀察。

我強烈的感受到，他清醒的那一天，他最親的家人應當培在他身邊，所以未來幾個月我們會繼續陪伴他，為了這個目的，我希望早點支開蘇，後來真的請她先回倫敦，深怕蘇要是一下在這，一下又不在這裡，會讓特夫深感困擾，她也許不記得他們夫妻倆已經協議分居。

葛瑞思、約翰與克里斯週五要來巴黎，我們全家這個週末都會陪在特夫身邊，到時醫院應該會允許他醒過來，戴安娜與多迪的死訊對他而言，肯定是極大的打擊，他和這兩人生前走得很近，所以處理這件事的時候，一定要很小心。

如果我們只要應付這些事情也就夠了，但環顧四週的情勢，我們發現自己陷入前所未有的情境，完全不同於我們寧靜隱私的生活，我們突然成了媒體捕捉的焦點，特夫的老闆現在非常照顧我們兩人，以前在歐斯威區只是普通老百姓，但是到了巴黎以後，出入都有加長禮車接送，窗戶全部是黑色，我們面對這樣的改變，一時之間還真難以接受，只好在過程中學習適應環境。現在的我很好，厄尼和我互相扶持，我們看到很多媒體的剪報，每天都會收到電訊報，但我們一看到報紙有關車禍的報導，就滿肚子火，根本唸不下去，所以我們乾脆眼不見為淨

我想值得高興的，大概要算是我們住的公寓很大，害厄尼常常到處找鞋。

我們等不及想趕快回復正常生活，我發誓再也不把自己生活想成無聊至極。

祝一切安好。

吉兒

晚上，奇卡尼醫師打電話過來，表示手術一旦順利，特夫的情況也很穩定，接下來只等復原了。聽到這個消息，吉兒和厄尼都欣喜若狂。

第八章　唯一生還者

吉兒迫不及待地打電話回家，也非常想見其他兒子們。週五晚上，在看過特夫後，夫妻倆人去機場接大兒子葛瑞思、小兒子約翰和厄尼與前妻的兒子克里斯（Chris），這趟飛行全部是由老法耶德出錢。

見到兒子的吉兒自然是喜不自勝，一家人來到餐廳，一邊吃飯一邊開著家庭會議，將特夫的情況從頭到尾討論了一遍。大家很感謝法耶德先生的資助，也感謝英國大使館為他們所作的事和安排新聞發佈。幾個兒子都「覺得並未受到來自法耶德家或大使館的壓力，而能自己決定事情。」

為了保護法耶德家，只有兄弟們的太太知道他們在巴黎住的高級公寓，否則一旦被媒體曉得，難保不會出現什麼樣的標題。大使館的人告訴他們，「雖然這場車禍讓情況變得很緊張，但特夫十分受到法耶德家和大使館所有人員的敬重。」班恩・莫瑞爾向他們保證，如果特夫在法國需要法律代表，大使館一定會協助。

吉兒和厄尼告訴兒子們：「你們對特夫和我們太重要了，未來的路大家要攜手共度。今年耶誕，要是特夫回家來，我們就全家一起在家裡過。要是他不能回來，我們就去一起去陪他。」整個週末，一家人都在歡笑中度過。因為吉兒和厄尼知道，只有快樂才能保持理智，只不過他們無緣參加週六為黛安娜舉行的葬禮。

九月六日星期六，在西敏寺的正式儀式過後，黛安娜從此入土為安。所有皇室成員從未如在公開場合的這一刻中顯得如此悲慟，百分之五十九的英國成人和全球二十五億人一起透過電視觀看轉播。查爾斯王子和兩位小王子跟在棺木後方一邊走著，也一邊走進了另一段截然不同的人生。女王最後在電視上發表了對黛安娜的臨葬感文，白金漢宮也降下半旗致哀。當威廉和哈利兩位小王子走過肯辛頓宮的花海，感動了億萬人的心。穆罕默德•法耶德穿著深色西裝出席，臉上盡是痛苦之情。

就在葬禮吸引了全球目光的同時，李斯•瓊斯一家人一同來到醫院，吉兒向兒子們說：「醫生給特夫打了鎮定劑。」希望他們能在見到毫無反應、全身腫脹的特夫前，要先有心理準備。約翰見到了床上的特夫，激動地將臉轉向窗外，無法直視著他。一向和特夫沒什麼話說的葛瑞思則走到特夫身邊，輕聲的對他說，他的第一個孩子就快出世。

當天下午，一家人外出散步。吉兒和厄尼已經找出了躲避媒體的方法。「我們會先看看外面，等攝影師轉到街角時，就快步離開公寓。一出了門，就不再有人認識我們了。」回到公寓前，還得先等到街上都沒人以後再跑進門。這天厄尼注意到，「整個巴黎好似一座空城，安靜得出奇，大家想必都在觀看電視上的葬禮」。走到車禍隧道上方黛安娜在巴黎的墓前，只見擺滿了鮮花、詩句、卡片和各國語言的悼辭。「我們終於了解到，多少人深受到這場車禍造成的衝擊。」

站在黛安娜的墓前，李斯・瓊斯一家開始體會到，這場死亡車禍對他們未來的生活，將有多深遠的影響。任何與黛安娜有關聯的人、事，都會變得愈來愈重要。而特夫——曾在薩丁尼亞海灘和她在一起，也一同躲避狗仔隊追逐的保鑣，大概是西方世界唯一還不知道黛安娜已死的人。

幾個兒子們在週日離開巴黎前，又去醫院見了特夫一次。家人站在他的四周，各自握住他的雙手和雙腳替他祈禱。此時特夫的燒已經退了，感染肺炎的威脅也已經消除，兄弟們和父母親稍後在醫院道別後離去。

次日一早，吉兒和厄尼來到醫院時，病房早已充滿激動的氣氛。原來特夫在昨晚鎮定劑效力消退後醒來。當守夜的值班醫師問他是否還記得車禍時，導致特夫情緒失控，費了好大的勁兒才安撫下來，他一點都不記得車禍的事了。這一天是九月八日，也是事件發生後的第九天。厄尼回憶：「他不再是從前的隱形人，特夫又回來了。最重要的是，他張開了眼睛，知道我們和他在一起。」

當天早上，吉兒和厄尼被請去麗池飯店，和法耶德律師團的律師約翰・皮耶・布里則（Jean Pierre Bizay）開會。「名義上是開會，事實是他們關心特夫的情況，還建議了兩名律師代表特夫，但我們說已經請了大衛・克羅福當律師。」厄尼從麗池經理手中接過了第二筆的二千五百法郎，但對法耶德家絲毫不感虧欠，因為直至車禍發生，特夫一直是名盡忠職守的員工。當天晚上，他們也和英國大使在官邸見了面，報告特夫甦醒的消息，大家一起為了這個好消息乾杯。

就在慶祝的當兒，吉兒和厄尼無意瞥見一疊剪報，上面出現法耶德的名字。兩人從一開始就注意到，大使館對法耶德的名字十分敏感。厄尼說：「每次一提到法耶德，談話氣氛就變得很僵，大使館的人也從不說原因，我們希望他們能說出到底法耶德做了什麼。」尤其每次大使館對他們住在法耶德公寓感到不妥時，厄尼總會利用機會問問大使館是否有其他方法，但大使館對住的問題實在愛莫能助。隨著特夫度過危機，英國皇室原先面臨的廢除呼聲，也漸漸轉成了改革，金融時報更引用首相東尼・布萊爾（Tony Blair）的話作標題：「皇室必須擁抱改變。」

在報導指出亨利・保羅體內酒精濃度過量後，老法耶德對攝影師的指控被大幅淡化，但他仍持續對那些人施壓。法耶德的律師之一伯納・達特維爾（Bernard

Dartvelle）在國際前鋒報（International Herald Tribune）上指出，根據目擊者所稱，車禍是肇因於狗仔隊車輛的騷擾，而警方目前也正在找一輛兇車，這輛車「試圖堵住賓士車以便讓追趕的攝影師能拍到黛安娜。」

有關訂婚戒指的事，是九月九日在巴黎傳開。國際前鋒報引用珠寶商羅波西在華盛頓郵報上的話：「多迪和黛安娜兩人約在車禍十天前，突然出現在羅波西珠寶店的摩納哥分店，一起選購了那只多迪在車禍前送她的戒指。」故事像病毒一樣迅速蔓延開來，支持老法耶德對兩人訂婚的說法。但特夫和克茲清楚，當中有部份並非實情。

戒指故事傳開的同一天，特夫已經不靠通氣管而能首度自行呼吸了，但還是無法說話，因為下顎被鐵絲撐住，喉嚨中還插著導管。吉兒和厄尼仍不斷鼓勵他用表情回應，像是搖頭或眨眼，只是他還能思考或記得任何事情嗎？特夫顯得相當不安，肢體動作也增多。「他想咳卻咳不出來，好像有話想說」厄尼注意到，「問他是否有事想問，特夫以握拳表達是的。」他想問什麼？他們可以感受到特夫心中的挫折感，話鯁在喉頭卻吐不出來。

當天回到公寓，保羅・韓利・葛瑞夫和麥克南馬拉已等在那兒了。葛瑞夫是第二度來此，麥克南馬拉則是第一次。醫院人員不讓他們接近特夫問有關車禍的事，當然吉兒和厄尼也是一無所知，「他們真正想知道的，是到底特夫還記得什麼。」

隔日吉兒和厄尼又再去醫院試圖幫助特夫認字，但特夫還是一樣激動，拼命想從嘴裡擠出話來。一個曾贏過地區游泳的冠軍和橄欖球員，此刻想說話卻要如此痛苦。厄尼說：「他堅強的令人驚訝，想要從床上站起來，用手緊緊地抱住母親。」但他終究不得不屈服於受重傷的事實下。

特夫回憶：「當時我一起床，就開始記起事情，老實說我覺得自己沒什麼異樣，我不認為自己像別人說得那麼糟，反而應該可以起身回家。」

吉兒和厄尼問特夫：「想知道蘇的事嗎？」特夫的反應是不想。

「那老闆呢？」不想。

「嫂嫂懷孕的事呢？」還是不想。

「是因為車禍的關係嗎？」是。

「是司機的原因嗎？」不是。

「你想知道同車其他人的事嗎？」是的。

不過此時特夫已經累了，護士又再度為他插上氣管。「明天我們再告訴你車上另外三個人的事」特夫露出滿意的表情。

特夫第一次感到腦中的記憶出現了，「我知道發生了車禍」他還記得車子離開麗池時，多迪和黛安娜坐在後座，也記得費了一番手腳才讓車子開出去，但他不記得車禍的情景，也不知道司機是誰，有關車禍的記憶都是片片段段。「我的腦子時而清醒時而混亂，一定是服了鎮定劑，整個人就在有意識和無意識當中切換。」無論如何，最起碼他又重返這個世界。

吉兒和厄尼問遍醫院裡的心理醫生，很想知道現在告訴特夫其他人已死是否正確或是該等一等？心理醫生的建議是，要根據特夫反應的節奏來回應。

九月九日，克羅福抵達巴黎，此趟雖是帶母親來旅遊，但他也希望能為吉兒和厄尼提供些幫助，所以只在出發前幾天才告知李斯・瓊斯家人。抵達次日一早他打電話回歐斯威區辦公室，才得知吉兒和厄尼急著想和他碰面。

時間約在下午三點四十五分，地點在英國大使館。總領事摩斯介紹克羅福認識了大使館法國法律顧問麥克魯斯基（Dominic Mccluskey）後，很快地大家就進入主題：特夫需要請一名法國律師，而麥克魯斯基的事務所正好可提供這項服務。麥克魯斯基解釋了特夫需要律師的理由：「在調查過程中，特夫可能會扮演三種角色：受害者、證人或被告。」

被告！從來沒有人提過特夫該對車禍負責。等特夫一清醒，馬上就要面對法國警方的偵訊，可能就在下星期（雖然他還無法說話），難道這是說特夫可能被當作嫌疑犯？克羅福說：「大家都很怕，因為壓根兒就沒想過會有這種事。」幾小時前他還向吉兒和厄尼保證這事不可能發生，雖然吉兒和厄尼試著保持鎮定，但克羅福看得出倆人極度惶恐，「這真是太令人擔心了」厄尼承認。

對保鑣執行工作的批評言詞又再度浮現在媒體上。幫助特夫從車上脫困的消防員表示，他見到特夫身上綁著安全帶，顯然是在車禍前就一直掛著，古美隆的報告也指出，右前座的乘客是唯一有繫安全帶的人。

於是一方面特夫成了車上安全帶的最佳示範，但另一方面他也是各方惡毒攻擊的對象——從不夠專業到謀殺共犯都有。時報（The Times）寫道：「車上唯一有綁上安全帶的是那名生還的保鑣。但根據資深警界人士指出，既然保鑣是為了要保護雇主，職責上應該不會綁安全帶，但為什麼他會是唯一綁上的人呢？」質疑立刻被提出。一位不具名的線民向英國情報局密告說，特夫知道整個計劃，所以他才繫上安全帶。流言四起之際，醫學專家發表出臆測，指特夫可能再也記不起車禍細節——他所受的創傷可能在他腦中留下永遠的一段空白。

吉兒和厄尼離開大使館時，腦中盡是「被告」這個字。厄尼說：「當時我們怕到了極點，需要立即的幫忙。」大家都同意讓克羅福去安排一名法國律師，吉兒說：「離開時我們全身冰冷，當晚根本睡不著。」

法耶德的律師們也沒有睡。九月九日夜晚，巴黎檢察署公布了亨利・保羅體內酒精濃度的第三份報告，證實了前兩份的記載：濃度不但是法定值的三倍，而且有影響駕車的藥物成份存在，這份檢驗報告第二天就在報紙以頭條刊登出來。而法耶德的律師們仍對狗仔隊攝影師窮追猛打，控告了在聖卓佩茲的直昇機侵犯隱私，並要求法官將車禍調查擴及至狗仔隊。不過亨利・保羅飲酒過量的事實卻也不容法耶德否認，只是必須找出一名不知情的證人，在特夫無法說話的情況下，就只剩克茲了。

正在度假中的克茲接到保羅・韓利・葛瑞夫打來的電話，當時他還有一個多星期才銷假上班。「我們要你上美國電視接受訪問」。克茲心想：「門都沒有！我最想避免的就是被牽扯進去。」他是回到英國後，才知道亨利・保羅喝醉酒的事。「不可能，他看來那麼正常。」要是上電視，每個節目一定都會問他：「你先前不知道嗎？」克茲告訴葛瑞夫：「我沒有興趣上電視，現在是我的假期。」葛瑞夫稍後又從倫敦打電話來：「老闆說你就不能幫個忙嗎？」都這麼說還能拒絕嗎？第二天早上，克茲便直接被載到公園道法耶德總部，接受美國ABC電視網辛西亞・麥法登（Cynthia McFadden）的節目訪問，克茲相信應該只會在美國播出。「上鏡前，麥克南馬拉告訴我要先想好再開口，我對這句話的解讀是——要是我說了不利法耶德的話，工作也別想做了，而老法耶德就坐在同一個房間裡。」

訪問結束後，麥克南馬拉對克茲說：「有空的話，還有一位週日報的記者想採訪你，是下週日要登的。」克茲直呼：「我的天啊！」還好訪問不長，只是確定多迪和黛安娜在車禍當天曾在溫莎莊園短暫停留。才剛躺下來休息約一小時，克茲又被搖起來。「晚上有綜觀天下（Panorama）的訪問」克茲還記得自己對著鏡頭說：「多迪的安排很不錯。」「為了顧及法耶德的感覺，我沒說那是個糟糕的計劃，而且麥克南馬拉就坐在我旁邊，敢情是要我小心說話。」

九月十一日，每日郵報（The Daily Mail）的標題成了麗池飯店的惡夢——「法耶德手下面臨控訴。」當中還提到：「巴黎麗池飯店將因醉酒司機遭到起訴，高層主管可能因黛安娜的死蒙上殺人罪名」。

消息一出，麗池老闆法蘭克・克萊恩找了吉兒、厄尼和克羅福到飯店開會，克羅福將每日郵報拿給了克萊恩看，當場克萊恩變得相當激動，連克羅福都不敢相信。克萊恩再度提出要求，希望特夫能用法耶德找的法國律師，可是他的慌張神態只有讓克羅福更堅心要找一名非法耶德推薦的律師。隨著特夫的記憶一天天恢復，他也愈來愈需要保護。

自從知道特夫可能成為被告後，唯一令厄尼放心的，是普布森醫師證實特夫當時並未喝酒。

「我們今天必須告訴特夫他是唯一生還者」吉兒決定這麼做，然後再看看特夫的反應如何。於是她開始緩緩地對特夫說：「發生了車禍，不過你沒事的。」她抓住特夫的手，「你是唯一生還的人。」特夫心中了解，用手指著字母拼出「多迪」這個字。

「他死了。」

特夫又拼出「黛安娜」。

「她也死了，還有亨利・保羅也是，只剩你還活著」。

特夫回憶：「直到當時我才知道真象，再沒有比那更令我驚訝的了。」對他來說，這種感覺完全無從表達。

「他流下了眼淚」吉兒說，她能感到特夫心中的痛楚，而他所能表達的，只有眼中流出的眼淚。「你還記得車禍的事嗎？」他完全記不得車禍了。

媒體找到了特夫獨居在威爾許村的八十五歲祖母。記者們見不著特夫和他的父母，只有來找她。莎拉・南恩・李斯（Sara Ann Rees）請記者們坐下喝茶，驕傲地談起她寵愛的孫子。「要是那個司機能多點責任感，這一切可怕的事都不會發生了。」祖母說。吉兒在報上見到母親斗大的照片，幾乎震驚而昏倒，更加深了對媒體的反感。

可以開始坐著的特夫，對自己感到很驕傲，但也很灰心，因為面對父母親卻無法開口說話，吉兒也非常想知道特夫腦部的情況。幸好，在給特夫的寫字板上，特夫能潦草地寫出「很高興你們能來，謝謝你們所做的一切，我愛你們。」他終於能溝通了，而且露出甚少得見的感情。厄尼感動地流下眼淚，雖然不是他的生父，但這麼多年來將特夫兄弟們視如己出，如今一切都從這句話中得到了回報。這讓吉兒自車禍發生以來，第一次因為太高興而泣不成聲。

離法官偵訊的日子一天天逼近，據說就在下星期，特夫主動提出想見克茲的要求。「完全不是特夫的錯」，克茲把他所知的一切告訴了吉兒和厄尼。被葛瑞夫派來巴黎探望特夫的克茲，此行是讓特夫知道，任何人問起車禍的事，要一概回說記不得了。

「為什麼？」克茲起了警覺心，「為什麼要我對特夫這麼說？」葛瑞夫回答：「由於亨利・保羅醉酒駕車的事，這樣對他最好，跟他說不會有事，任何事老闆都會處理的，而且會好好照顧他。」

「好，我會告訴他」，克茲知道自己若不同意，就沒有太大機會見到特夫。可是當他於九月十三日抵達巴黎後，完全不打算按命令行事。他很高興能夠前來，因為他知道三天後英國和美國又將會有一波媒體騷動。他說對了！英國報紙果然大量引述了他在接受美國ABC電視網的訪談內容，在法國警方還沒提出任何報告、頭號人物還接觸不到前，重點一定是擺在其他保鑣身上。各大電視和報紙主打的都是克茲，而他將過錯從亨利・保羅和麗池飯店轉到攝影師群身上。

「亨利・保羅事前完全沒有喝醉的跡象，他是個不錯的人。」克茲相信自己在訪談中說的話，可是說出「多迪的計劃很不錯」這句話，卻令他懊悔不知多少次。

對法耶德家最有幫助的，要算是克茲並沒說出多迪的計劃是經過老法耶德的同意，使他免於承擔作出致命決定的罪名。老法耶德一再告訴法國法官，完全不知道亨利・保羅開車一事，事先也未被諮詢過。「真的要怪就該怪騷擾的那些人」，克茲在訪談的最後說。

吉兒和厄尼對克茲能來都感到相當高興，此刻家人和朋友的到來解除了他們不少負擔。對特夫來說，肉體復原不是難事，可是醒後將要面對的是殘酷的事實和未來若欲回復本來面貌必須歷經的煎熬。現在風險已不再是他的傷，而是外界的力量——媒體壓力、警方調查、還有潛藏在他心中的魔鬼。情緒時好時壞的他，在堅強意識和挫折感的交攻下，對他也不啻是項危險。

雖然記憶力在漸漸恢復中，可是不論特夫都多努力回想，還是想不起多迪和黛安娜進入車後的事。往未來看，他也擔心是否會被解雇，像「我還能當保鑣嗎？」或「我還能再打橄欖球嗎？」這樣的問題，特夫並沒有問。明顯十分沮喪的特夫，非常想和克茲談談。吉兒和厄尼週六在公寓裡聽了克茲述說車禍當天的事後，相信克茲所說「這件事絕不是特夫的錯」能夠減輕特夫的痛苦。

到了第二天，特夫又變得很煩躁，不願見克茲，最想見的只有他的好朋友萊拉，當然他還想知道車禍的一切事情，於是吉兒告訴了他有關亨利・保羅喝酒的事。「他只喝了兩杯」特夫用手寫著，這反而使得吉兒和厄尼害怕起來，因為他們所了解的特夫，絕不會讓喝酒的人開車。直到克茲解釋說我們以為那是鳳梨汁，才使吉兒和厄尼稍微寬心。

九月十五日，奇卡尼醫師帶來了好消息——固定特夫嘴部的鐵絲已經可以拆下，在利用一條新的導管後，特夫可以開口說話了。「他非常努力試著想從嘴中擠出話來，但說出的話完全無法辨別，像是口中含著一大杯水。」不過起碼這是好的開始，相信他不久就能對法官講話了，而預定時間在九月十九日星期五。

現在特夫又想見克茲了，只是克茲還未獲得醫院正式同意。「沒人告訴我們為何當時不准特夫見任何人」，吉兒說，但她還是悄悄帶克茲和克羅福進病房，當時克羅福還在巴黎繼續找尋適合的法國律師。

雖然克茲先前已被告知要有心理準備，「可是當我走進病房，實在不敢相信我的眼睛。特夫的頭腫得好像顆南瓜，根本認不出來，他半坐在床上，嘴角還流著口水，眼睛充滿哀怨之情。最讓我難過的是看見他差一點就失去左眼，我緊緊握了好一會兒的手」克茲說，「他無法張開下顎，只能用寫的，但他又知道手寫無法適度表達，於是又想開口。」最後特夫寫了「OT」（加班）兩個字，克茲對特夫把兩人在醫院的相見開了諷刺的玩笑，立即會意後笑了出來。

「活該，你這王八蛋。」克茲笑罵特夫。「這真的很感人，特夫想笑卻笑不出來，我還忙著幫他擦去口水，直到他笑出來，我才知道他的腦子沒事，還是原來的特夫，他一定會好起來的。」當特夫寫下：「我的樣子如何？」，幸好吉兒和厄尼等在外面，克茲想。「老實說，你像顆爛掉的蔬菜。」特夫也忍不住笑了起來。

克茲接著說：「其他人都死了。不過別擔心，現在你只要專心復原然後回到英國，你會沒事的。」特夫聽了口中喃喃說著：「他們都死了。」接著他又寫下：「聽說亨利・保羅喝醉酒」。

「他沒醉，這你別擔心。馬上你又可以回去工作了。」

「他們還會要我嗎？」

「我們馬上就會再見。」克茲只與特夫會晤不到十分鐘，連一句葛瑞夫要他傳達的話都沒提。可是當葛瑞夫問起時，克茲直說當然有提。

克茲走後換克羅福進來，一進病房他就感受到莫名的高溫。愈聽克羅福對特夫解釋事情，吉兒和厄尼愈感到沮喪。「我們開始懷疑特夫是被拘禁，不像受到保護的證人，為什麼想進來的人都要提出護照證明？特夫是受害者啊！而他們愈解釋，我們愈懷疑。」警方保證，這麼做只是為了不讓特夫受狗仔隊的騷擾。

週五的法官偵訊即將到來，克羅福也終於找到了一名適合的律師——二十年前曾以交換學生身份住在克羅福家的克提爾（Christian Curtil）。他符合了克羅福對這名法國律師的五項要求——英語流利、熟悉刑法、不擔心律師費的問題、不喜好在媒體上出風頭，當然還得完全和法耶德組織無關。吉兒和厄尼對克羅福的決定都表同意，也急於想和克提爾見上一面。

「當克羅福打電話給我的時候，我對這件案子的興趣其實不是那麼高」。克提爾說。四人在克提爾的安排下來到他的公寓碰面。克羅福向他解釋：「法官週五要偵訊特夫，我們都很擔心，不知道他會被當作證人還是嫌犯。」「我看不出他有被當成嫌犯的理由，不過我認識那名法官，明天去幫你問問看。」克提爾聽了吉兒和厄尼的陳述後，對他們為尋找一名法國律師產生的絕望感甚表驚訝。

在談話中，克提爾建議特夫可以選用法國獨有、不存在於英美兩國的「關係人保護」制度（partie civile），使特夫有權在法官調查期間，取閱所有偵訊和證據文件，也可以在受訊時請律師在場。

在克羅福確定克提爾符合他的五項要求後，最後談到了律師費的問題。「我們無法保證可以對您的工作支付多少費用」。「我很樂意免費服務，看看情況會是如何？」對吉兒和厄尼來說，這就像是美夢成真一樣。一年後克羅福回憶說：「我最成功的一步，就是找了克提爾當特夫的法國律師。」

回到公寓當晚，厄尼接到了葛瑞夫打來的電話。「他說克茲回到倫敦後，告訴法耶德，特夫情緒低落、擔心工作不保，法耶德聽了當場光火，他說從未見過法耶德這個樣子。」法耶德很大聲地說：「特夫就像我的兒子，想要什麼都可以。」葛瑞夫轉述法耶德的話要特夫別擔心，工作可以保有一輩子。「可以用白紙黑字保證嗎？」厄尼反問，他不是不相信，只是如果可以得到書面文字保證，更能讓特夫放心，「葛瑞夫雖然說沒問題，但那封信卻從未收到過。」

會面後隔天克提爾就去和法官見面。「一般來說，法官是不會和與案件無關的人見面。但我和這名法官頗有交情，曾在好幾件案子中見過，他相信我不會對他說謊。」這就是英國律師做不到的地方，在英國，法官絕不得和律師有所接觸。

身為最高調查人的賀維・史帝芬（Heve Stephen）法官，有權起訴、傳訊、偵訊和判決任何人入獄。一旦他認為調查終結，便可將結果——車禍原因和有罪者，送交莫庫賈檢察官，然後她有權決定誰該接受審判。當然，主要根據的還是史帝芬法官那份長達一萬頁的機密報告——「致命道路車禍：一九九七年八月三十一日零點三十分。」

史帝芬法官告訴克提爾：「特夫面臨被起訴的風險微乎其微，目前尚無此計劃。」於是會面後克提爾立刻打電話告訴特夫的父母：「暫時他還不會成為被告，至少法官不會起訴他，其他人就比較難說。」另外刑事組長也向吉兒和厄尼保證，特夫目前受到的保護是為了他好，不會受到任何罪名的控訴。有了兩方面的保證，才使吉兒和厄尼放心不少。

車禍十六天後，特夫終於可以站起來走路，醫院所有醫護人員都為他大聲鼓掌叫好，大家對他能如此快速復原都有些難以置信。回到房間，厄尼將簡報讀給特夫聽，內容是批評車禍中保鑣的專業度。特夫愈聽，心中愈是怒火中燒：「那些該死的傢伙，在現場的又不是他們，是我啊！」特夫承認這樣的消息令他擔心：「難道每個人都認為車禍是我的錯嗎？」但也有令他感到欣慰的事——收到來自全球各地上千張慰問卡片和信件，尤其是美國，為何美國人如此關心他卻是令他不解。

特夫回憶：「我的兩個兄弟葛瑞思和約翰都正常地完成大學學業，有好的工作，從沒出過任何麻煩，和他們比起來，我就像家裡的害群之馬，老給父母添麻煩。」每次看見父母來醫院探望，特夫總是不禁會想：「又是我害的。」這一晚，特夫說出了他的抱歉：「媽，我很抱歉，都是我一再惹禍。」「不是你的錯，從一開始我們就決定要照顧你到底，會一直陪著你，直到你恢復獨立生活能力。」

第二天，特夫首次有能力享用醫院提供的午餐。「拿鏡子給我，我要看看臉上的疤。」特夫突然提出要求。「這兒沒有鏡子」吉兒回憶：「當時他還不准照鏡子，怕他承受不住。他的臉因為神經完全受損而失去知覺」「我覺得自己好像戴著面具」吉兒和厄尼只得用手指著自己的臉，告訴特夫傷疤的位置。這條從左上唇一直延伸到下顎的疤，連奇卡尼醫師也拿不掉，只有靠日後的整型外科手術。而真正的痛苦市在特夫返回英國的家開始。在燥熱的房間裡，特夫回憶：「臉上很癢，但又不敢去抓，因為抓起來根本沒感覺。」「我本來就是個淺睡的人，在醫院時的情況更糟，大多數的晚上，我都是處於半睡半醒狀態。有時候我會變得很暴躁，但奇怪的是，我還能接受護士們替我翻身、擦背和刮鬍子。」不論是醫院裡的照顧或外界的批評，「你都只得像海綿一樣照單全收，突然之間生活就變成這樣，由不得你不喜歡。在醫院裡的那段時間，尤其是前幾週，最令我感到挫折的事，是無法對我的父母和來探望我的人開口說話，那種痛苦遠非任何肉體傷害能比擬。當我可以開口說話的時候，我自己感覺說得很清楚，可對方顯然根本聽不懂。」

兩個小王子也是特夫擔心的對象，害怕在他們的心中，他永遠只是母親黛安娜車禍中的一個關係人。特夫很想對小王子們說自己實在無能為力，還口述了兩封信，一封寄給小王子，一封寄給法耶德老闆。另外，他也很想去看看多迪和黛安娜的墓。

九月十九日星期五，吉兒和厄尼來到法院和史帝芬法官碰面，準備一同前往醫院對特夫進行偵訊。車子抵達時，入口擠滿了上百名記者，因為車禍中最重要的證人要開口說話了。狗仔隊的人擋在吉兒和厄尼的車子前，對他們大拍特拍，「我們終於了解黛安娜生前所受到的壓力。」

由於特夫的話只有吉兒和厄尼聽得懂，因此法官准許他們倆人在場，並由厄尼擔任翻譯。「吉兒就站在特夫坐的椅子後面，把手放在他的肩上。我儘量把身體靠近特夫，好聽清楚他說的每一個字」厄尼說。復健主任也守在一旁，以便隨時在特夫感覺不適時中止偵訊。雙方的共識是只問十二個問題，但事實上不止。前後共進行了約一個小時，大部份時間都耗在厄尼的居間翻譯上。法官首先問：「還記得離開麗池飯店後的事嗎？」

特夫答：「我記得坐上車子，其他的全都記不得了。」

特夫還記得是多迪改變了原定計劃，也是多迪叫亨利・保羅載他們從後門離開。他隱約記得賓士車在路上被一輛機車和兩輛汽車跟蹤，其中一輛是掀背式的白色車子。

第二天報上就幾乎一字不漏地登出了偵訊內容，厄尼驚訝地打電話給警方，大罵竟有這麼多漏洞。警方解釋洩密者不是他們的人，可能是檢察官辦公室的人，也可能是在場的攝影師。克提爾律師更認為，由於特夫的記憶是案情關鍵，在沒有律師在場的情況下，當天特夫本不應該接受偵訊——除非是以證人身份。要保護特夫避免受到不當對待，只有盡快讓他加入「關係人保護」計劃，參與整個調查內情。

不久，特夫被轉到了奇卡尼醫師的特殊照料病房，這個專為囚犯特製的房間，同時也為奇卡尼醫師使用。「難道特夫被當成犯人了嗎？」吉兒和厄尼不禁產生疑問。特夫回憶：「在那兒我第一次看見了自己的臉，真的嚇了一大跳。最糟的是前排牙齒都撞斷了」。他對吉兒說：「誰還會對像我這麼醜的人有興趣？」奇卡尼醫生還將再為特夫動一次手術，將受重擊和凹陷的左眼眶推至正常位置。

星期四，麗池的老闆克萊恩突然來見吉兒，暗指這場車禍不是意外，而是事先預備的暗殺計劃——從一開始這種說法就在阿拉伯世界和網路流傳，老法耶德也日益對此堅信不移。就在同一天，司機菲利普拿了封寄給麗池的匿名信給吉兒他們看。上面寫著是法國和英國特務試圖暗殺多迪和黛安娜，當然還有特夫，而唯一存活的他可能會有生命危險。「我們不由得開始懷疑，這是否就是警方要安排警衛保護病房的原因」吉兒說。老法耶德聲稱當時所謂的神秘車輛，原本被媒體推測為是用來搭載攝影師，但老法耶德現在愈來愈相信那輛車也與暗殺計劃有關。法國警方已經展開全國清查行動，找尋那輛在車禍前和賓士車猜擦撞的飛雅特車，可是在盤問了三千名車主後仍一無所獲。

目前特夫眼前的威脅和黛安娜生前一樣——狗仔隊。上星期才有兩名潛入加護病房區的狗仔隊人員被發現並遭驅逐。根據警方報告，狗仔隊員稱他用盡各種方法都要拍到特夫的照片，因為報酬高達二百萬美金。

特夫的母親吉兒和繼父厄尼（著條紋衫者），在一九九七年九月三日抵達巴黎皮特．沙巴提亞醫院探視特夫。

吉兒坐在法耶德所提供的巴黎高級公寓中，儘管感謝法耶德的慷慨相助，但愈住愈因為特夫的命運脫離掌握而感到不自在。

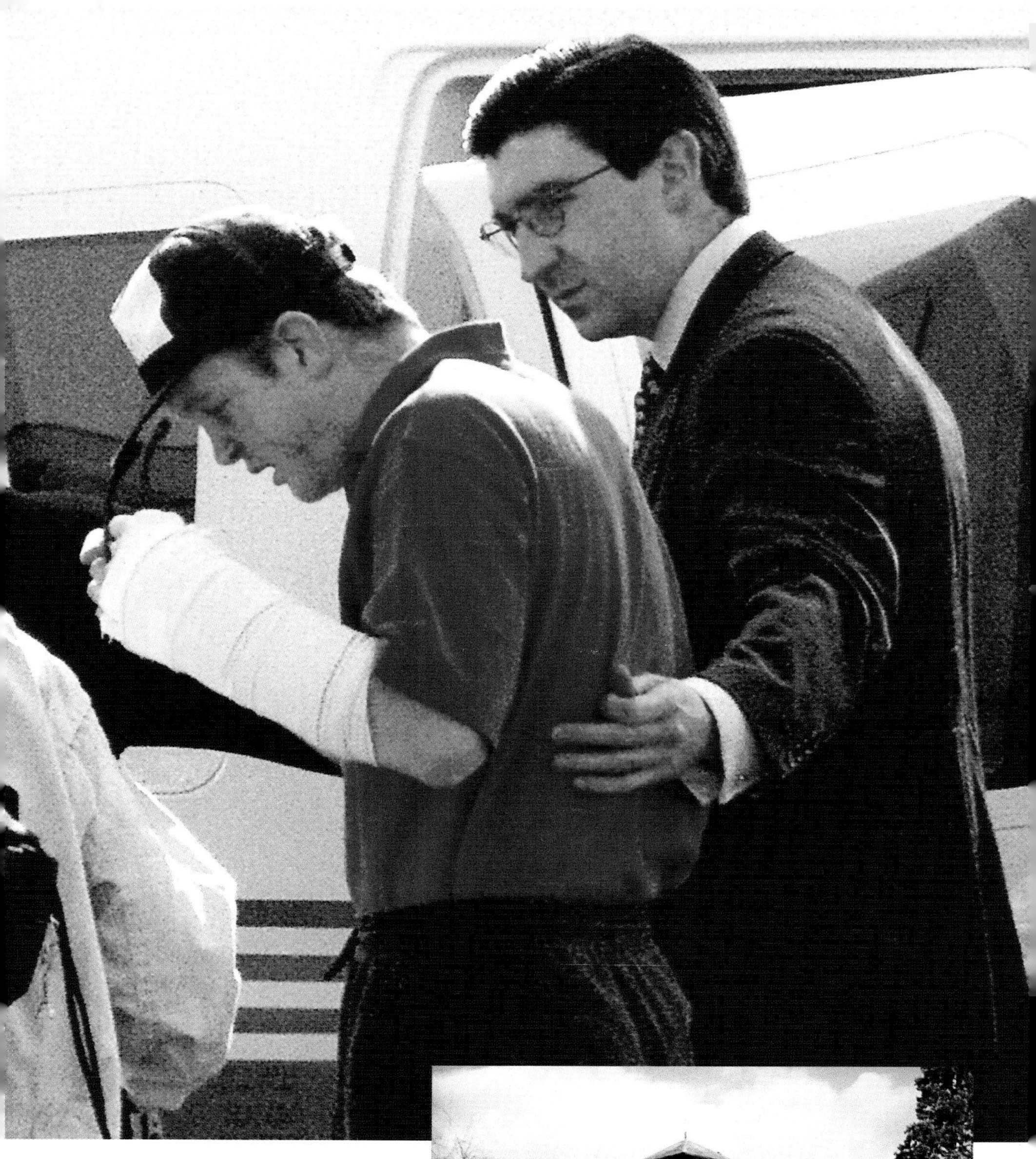

法耶德的保鑣主管保羅・韓利・葛瑞夫在一九九七年十月三日陪特夫上直昇機返回英國。

特夫家鄉的教堂。在回國後兩天，特夫來此感謝鄉親對他的支持。

特夫在回國後一個月參加朋友婚禮，雖然生活逐漸回復正常，但臉上依舊有明顯傷痕，而且力氣也尚未完全恢復。

一九九七年十二月十九日，特夫在克茲和班恩・莫瑞爾陪同下，來到巴黎法院接受法官審問，法律戰鬥從此展開。

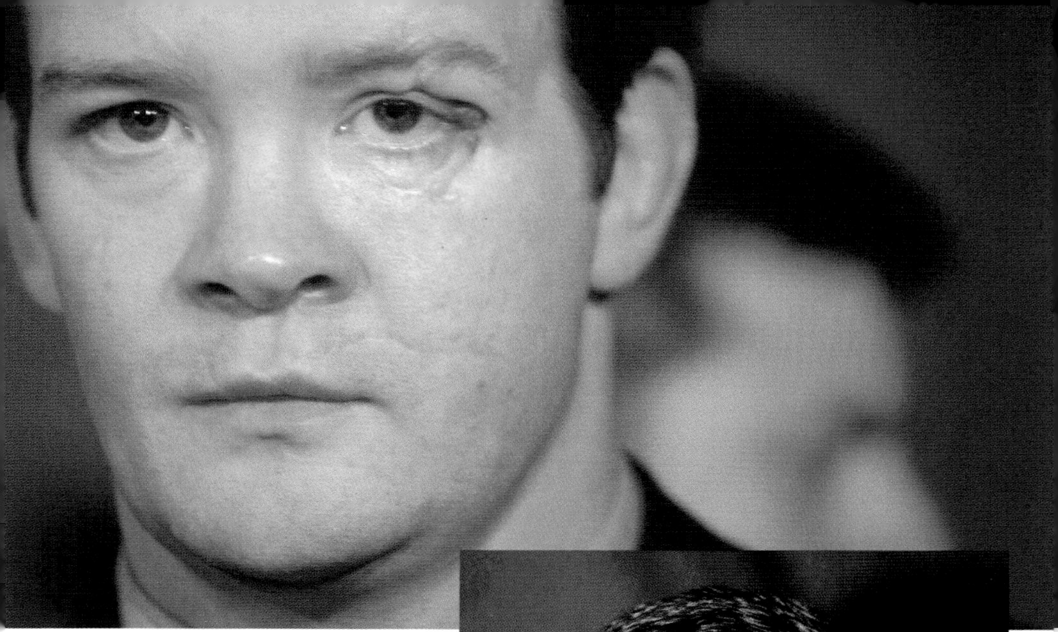

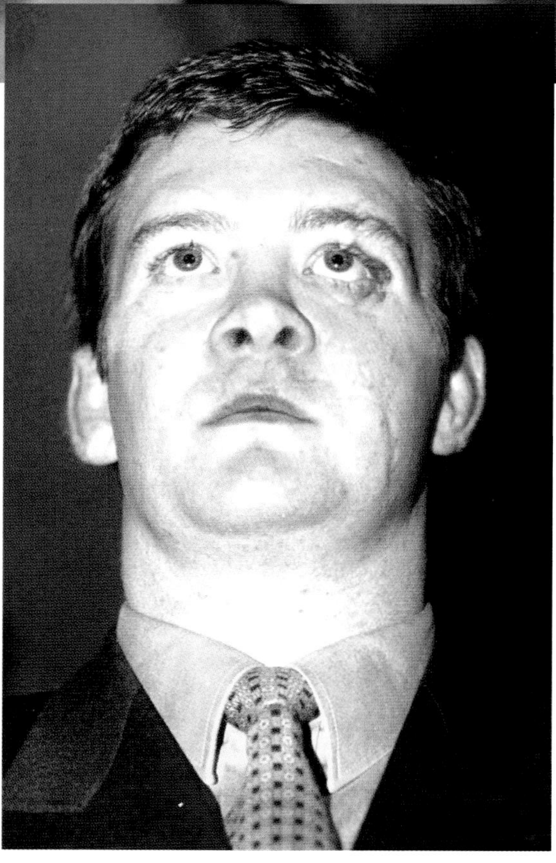

一九九八年三月三日，特夫攝於巴黎法院的兩張照片。時值車禍後六個月，但臉上和左眼餘留的疤痕依然可見。

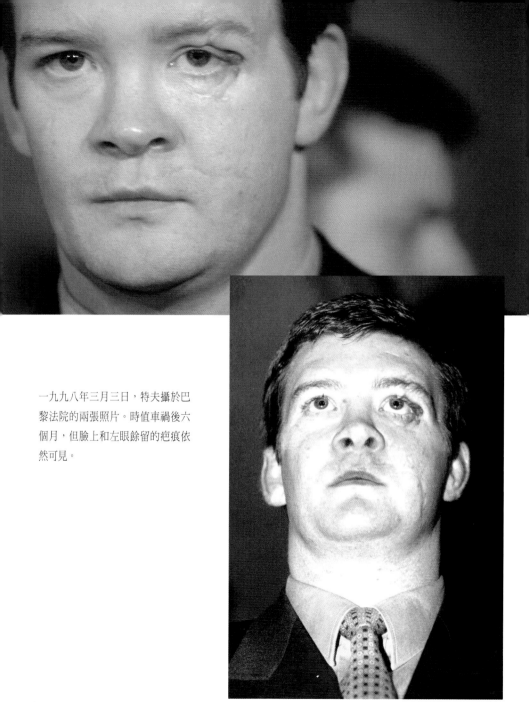

特夫的律師團：大衛・克羅福（上）
伊安・盧卡斯（中）和克提爾（下）

▲車禍後將近一年，特夫（著條紋衫擒抱者）於一九九八／九九球季再度重回他喜愛的橄欖球賽。

◀特夫在比賽場旁觀戰加油。

對媒體暢談的特夫祖母南恩。

車禍後一年，特夫和厄尼一同在草地上玩槌球。

▲特夫與妙手回春的奇卡尼醫師合照。

▼迎向未來：2000年二月特夫、吉兒和厄尼攝於歐斯威區。

週五奇卡尼醫師再度為特夫動手術，同一時間，克羅福來到克萊恩．高達（Klein Goddard）法律事務所和提歐．克萊恩（Theo Klein）律師碰面，在場的還有代表亨利．保羅家人的布里則（Brizay）律師，顯然他也代表了老法耶德，克羅福心想一定是要談關於特夫受傷賠償的事。在法國，雇主通常要為員工業務執行意外負部份責任，社會安全局會先支付受害者金額，然後再向應負責任者求償。可是克羅福後來才知道，賠償只限於雇主為法國公司，特夫受雇於英國公司，自然無法獲得此類賠償。

不過這群法國律師要談的並非賠償問題，而是要讓法耶德所挑選的律師代表特夫的老問題，當然一切免費。克羅福回憶：「他們表明了要出價叫我退出，我可不是能用錢收買的人，更不會出賣我的客戶。」來自英國歐斯威區的鄉下律師，在面對龐大的法耶德組織，仍堅守自己的底線。最後，法耶德律師團終於同意，在經獲准後，替特夫支付自行選擇律師的費用，不過條件是：特夫不得控告法耶德尋求賠償、不得與媒體談話，而且要被證明毋需為車禍負責，看來等於是限制了特夫的行動自由。

長達五小時的手術對特夫又是一次煎熬。「當時我怕極了，不斷揮動雙手雙腳，心想自己再也受不了，最好一死了之。」特夫回憶。奇卡尼醫師感覺到特夫已瀕臨崩潰，決定下星期就讓他出院。「我們完全看不出他有任何興奮之情，也比以前更擔心他的精神狀態」特夫的父母說。回到公寓，吉兒和厄尼與剛開完會前來的克羅福碰面，他告訴了兩人法耶德律師的提議，特夫想要保住工作，必須簽下不與媒體打交道的約定，吉兒和厄尼也要。厄尼大罵簡直是勒索，等於將特夫的命賣給法耶德。「在我們看來，法耶德想要特夫未來生活的所有控制權，我和克羅福談了很久，決定意讓特夫自己選擇。」厄尼回憶道。

九月二十九日星期一，算是特夫久未有過的好日子之一，奇卡尼醫師告訴他週末就可以出院返家，今後也還能打橄欖球和繼續保鑣生涯。躺在醫院二十七天的特夫第一次露出了笑容，終於可以回家做個正常人了！持續的治療仍不可免，吉兒也找好了歐斯威區當地的四名醫學專家隨時準備應付緊急情況。此時的特夫無心談論法耶德律師提出的要求，只是說「不想讓老闆生氣」，顯然保住工作是他心中最重要的事。

為了避開媒體，大家開始籌畫如何秘密送特夫回英國，時間定在十月三日星期五，大使館會發出消息，表示特夫將在醫院再待上幾個星期。當天會有哈洛德專機載他們回國，克羅福則找了朋友和警方幫忙安排在歐斯威區的降落事宜。

準備離去的前一天，特夫二度接受了警方偵訊。這次他把車子離開麗池前的事作了更清楚的描述——多迪如何改變計劃，亨利・保羅喝了些不知名的飲料及多迪要亨利・保羅開車的事。他首次表達在多迪身邊工作的挫折感，即使不喜歡雇主的計劃還是得奉命行事，像多迪常常不事先透露計劃，保鑣們也無能為力。而對車子離開麗池後的事，在特夫的記憶中仍是一片空白。吉兒和厄尼則去和大使館的人道別，為了怕他們被利用，大使館囑咐他們要謹言慎行。麗池老闆克萊恩傳話希望特夫回國後先去倫敦作兩天身體檢查，然後去和法耶德碰面。特夫對此沒有任何意見，吉兒和厄尼則有被迫的感覺。在醫院的這段期間，凡事都還能自己掌握，如今事情好像一直在變化。「從離開醫院開始，我們的計劃就被法耶德打亂，一切都要照他的意思，情況已經超出了我們控制範圍。」厄尼懷疑再也無法過和從前一樣的生活了，吉兒說：「首要之務是保護特夫的利益，不論要和誰見面或討論什麼都是次要。」

離去前一晚，所有守衛都來向特夫道別，祝他一路順風，並向他保證他並沒有被起訴或有罪，在他們眼中，他只是名受害者，特夫聽了十分窩心。

出發當天早上，奇卡尼和同事們用以繃帶綁住頭的假人，好把聞風而來的媒體群引開。特夫則從另一個門離開，準備搭電梯上屋頂等待直昇機。當特夫一一向醫護人員道別，「所有人都為他感到驕傲」，特夫說「尤其是奇卡尼醫師，對我的康復一直充滿信心」。對奇卡尼來說，這是他所碰過最具挑戰性的病例，而他對能完成這項艱鉅任務感到十分欣慰。如今特夫的鼻子和眼睛都回到了正常位置，而從右邊臉來看，根本看不出任何車禍痕跡。

心中百味雜陳的奇卡尼，此刻感覺無人能體會。他面對特夫想著：「我們在一起四個多星期，幾乎是形影不離。替你換繃帶、清洗傷口、拆線和縫線，你完全都要照我的決定來作，我們已經成了親密戰友，謝謝你教給我的——堅持下去的意志力。」

吉兒的眼中又再度看到了從前的兒子，可以上球場打球的完好特夫，儘管他瘦了一大圈。無論一切會有什麼改變，特夫終於能站起來離開巴黎。媒體群隔著鐵絲網，不斷用長鏡頭相機對著特夫猛拍。吉兒突然感到眼前的兒子，未來還有好長的一段路要走。

第三部　迎向未來

抵達倫敦後，特夫一家三人立刻被載往公園道法耶德總部。特夫只是想著能再見到同伴已經是很不錯的事了，但厄尼和吉兒卻不這麼認為。「我們還以為會直接去醫院接受四十八小時檢查，然後就回家去。」吉兒對安全主管葛瑞夫說。

起先吉兒和厄尼還不知道自己身在何處，直到葛瑞夫敦促他們進入戒備森嚴的大樓，上到152-A號公寓，「醫生會過來這兒替特夫檢查」葛瑞夫說。這個似曾相似的房間讓厄尼想起了早先在巴黎住過的豪華公寓。「幾分鐘後老闆要見特夫」，在特夫被帶離開後十分鐘，老法耶德出現在房間。吉兒和厄尼還來不及對他的慷慨表達感謝，老法耶德就開始揮舞雙手說：「真是太慘了，根本不是車禍，是陰謀，是謀殺！」「他看來好像瘋了，叫喊中帶著絕望和失去兒子的痛苦」，吉兒和厄尼對他深表同情，但警告特夫有生命危險的那封匿名信，還是在他們心頭揮之不去，至少先前醫院還有嚴密保護，可是現在……。

「等等……」厄尼對老法耶德說，「要是真像你講的，那特夫豈不是有生命危險，包括現在？」這麼一來，陪伴在特夫身邊的吉兒和厄尼也是一樣，「這可是千真萬確的」老法耶德叫道。

「這樣的話，現在立刻就叫警察來。」厄尼提高嗓門，「沒這個必要，沒這個必要」老法耶德邊說邊走了出去，接著葛瑞夫開口說：「別擔心，這裡像座城堡一樣安全，沒人能進來，也沒人出得去。」

特夫回憶：「老法耶德是個很有權威的人，任何人別想和他聊天，只有聽他說的份。」只不過現正處於極度悲慟的他，已經不再是從前的老闆。「他第一眼看見我時十分生氣，眼中盡是淚水。我只有向他道歉和說對不起，感覺虧欠他很多也替他難過，心想自己多少有點責任。」

葛瑞夫帶著特夫到了另一間房，裡面有三名分別是精神科、心理治療和一般醫療的醫師。「他們問問題都很客氣，我則是累得不斷點頭，但感覺怎麼都不太對，我應該是要去醫院待上一星期，檢查看看有無腦震盪什麼的。」

被單獨留在房裡的吉兒和厄尼，第一次真正感到有點害怕。「情況比我們在巴黎的那段期間還糟」厄尼說，「法耶德顯然不是一個能跟他講道理的人」他們不知道特夫被帶去哪裡，也不知道在沒有他們的幫忙下，醫生要如何照料特夫。

好心的保鑣告訴厄尼，特夫就在隔壁不遠的房間。根據厄尼在日記中的描述：「一進入那個房間，我簡直不敢相信自己的眼睛。特夫直直地坐在椅子上，三名醫師圍著他，好像在審問犯人，房裡還裝有錄影設備。」吉兒懷疑這些設備會和醫療有什麼關係？連血壓計和床都沒有，坐在椅子上的特夫露出痛苦表情。「法耶德迫切地要特夫記起車禍的事，這樣才能找到代罪羔羊，他根本不相信亨利‧保羅喝醉酒的說法，而是要取得所有特夫能給的資訊，甚至他整個人的思想。」厄尼在日記中寫道。

「我們何時才能走？」吉兒問葛瑞夫，「隨時都可以」言下之意是特夫必須留下。氣憤的厄尼和吉兒衝到特夫房裡說：「他的情況不適合留在這兒，要不是法國醫生建議住院觀察兩天，我們早回家去了，他實在不能再留下來。」吉兒邊說邊扶著特夫走向門口。「法耶德先生這麼做都是為了他好」醫生說。「法耶德老闆相信最貴就是最好的，當時我沒感到他要的是我的記憶，以為他只是想盡全力幫我」特夫說。

厄尼告訴特夫老法耶德的那番謀殺論，特夫聽了只是喃喃說著多迪事先根本沒透露他的計劃。「我再也分不出真相究竟為何，因為各種詭異的說法實在太多，連雷射槍都跑出來，我真的不知道有誰或是什麼值得相信。」厄尼說，見了老法耶德後，才真正感受到他的權勢。

特夫不知道自己該用什麼方法去面對所有事情。外表高大威武的他，其實有著十分敏感的內在。厄尼告訴特夫：「只要一安排好，我們就回家去。方法我還不知道，但我們一定得回去。」「我也很想趕快回家」特夫回答。

第二天一早厄尼打電話給克羅福，「可以來接我們嗎？」「當然」。可是克羅福不知道該在哪兒碰面，也不知道他們怎樣才走得掉。

決心不要像犯人一樣逃走的厄尼，意志堅定地對葛瑞夫下最後通牒，表示非離開不可，葛瑞夫只有同意，還派了專車送特夫一家三人回歐斯威區。心理醫師交給吉兒一台錄音機並告訴她：「也許等特夫記憶恢復時會用得著」，還一再提醒她注意傷癒後的心理壓力。吉兒心中暗罵：「特夫可是剛從一場車禍中死裡逃生，而且還動了兩次大手術，現在首先要擔心的應該是他生理狀況，不是什麼胡說八道的心理學，而且特夫需要的治療，在這裡絕得不到。」十月四日週六下午，特夫一家人終於回到歐斯威區的家。

週日早上，特夫堅持要去教堂作禮拜。「我一定要去感謝鄉親在我住院的時候為我祈福」特夫說。特夫堅持到整個禮拜儀式完成，然後大家都上前來和他擁抱握手，非常高興能見到他回來，也希望他能留下來聊聊。「老實說當時我不太舒服，走路都走不穩，眼睛所見都是雙重影像。」而對吉兒和厄尼來說，沒有任何事比得上能回到睽違已久的鄉間，享受沒有繁忙交通和壓力的平靜生活，只是吉兒懷疑，特夫回家後生活就真的能回歸平凡嗎？

媒體早就鎖定歐斯威區為目標，還在鎮上的市集設下地面衛星站台，爭著要訪問特夫，但厄尼堅持他的家人絕不接受任何採訪。湧進歐斯威區的記者和電視人員不像狗仔隊會遵手協定，甚至還敲打特夫家門要求採訪。

所有親朋好友絡繹不絕地來到家中探望特夫，這種情況持續好幾個星期，從早到晚都有人上門。「當時我想我還是應該至少再住院一星期」特夫回憶，「身體狀況根本還十分虛弱，只能躺在沙發上等吃藥。雖然我很高興能回家，但還是有些緊張，在醫院還比較安心。」對所有來訪的客人，特夫不斷重覆著車禍的事，因為他不但想見朋友，也很想說出心裡的話。「曾經孔武有力，如今卻連自己都照顧不好的人來說，談話成了一種自我肯定和消除恐懼的方法，尤其每有電話響起，他一定會問是不是找他的，當時的他急著想要找回昔日的人際關係，朋友是他最需要的。」吉兒說。

特夫每天都要痛苦地練習張嘴，把醫生用的壓舌片塞入口中持續六分鐘，開始的第一天只能放進七片，而目標則是二十四片。此外還得來回接受醫生治療，眼部、手腕和牙齒都還有待手術重建，「我們的每一天都給了他」吉兒說。

昔日保鑣同伴達倫和克茲也各來幫忙照顧特夫一個星期，讓他免受媒體打擾。吉兒十分感謝他們能代為擋掉蜂擁而至的記者和每天不下數十通的電話，而且他們對採買食物也很有一套。「最重要的是，特夫和我每天都有短暫交談。」克茲說，「他每天最多只能走二百公尺的路，但至少是個開始，我對他說明年你就可以用跑的了。」果然不到一年，特夫就已經能像從前一樣奔跑。

十月十一日對特夫來說是個重要的一天。除了他的嘴可以張開塞進十三片的壓舌片外，也首次在車禍後回到橄欖球隊和老朋友見面。「嘿，車禍怪人來了！」「你頭上怎麼多了個賓士車標記？」伙伴們和從前一樣揶揄特夫。在特夫心中，他知道有些老隊友看到他的容貌相當震驚，不曉得該說些什麼。但無論如何，特夫贏回了自己生命中最珍貴的一部份。

自特夫回家後，不停的騷擾和電話幾乎快使厄尼崩潰，他一心只想著趕快把法耶德組織和所有入侵者統統趕出他的生活。鎮上流傳著：「法耶德想替特夫購置公寓，並在裡面安裝昂貴的保全系統」。吉兒和厄尼甚至懷疑，來幫忙的達倫和克茲也是法耶德的密探。此外，法耶德還託達倫送了一千英鎊。「我們才不要他的錢，只要他遠離我們的生活。」厄尼說。他也不斷地告訴特夫，現在的法耶德已不再是從前的法耶德了。但想再回去工作的特夫，不希望表現出對老闆不敬的態度，也不像吉兒和厄尼一樣認為法耶德利用錢進行操縱。「我不會把這些錢退回給老闆的」特夫說。「那就捐給醫院吧！」厄尼說。

在巴黎，已獲同意擔任特夫律師的克提爾，正準備於十月十六日正式替特夫申請加入「關係人計畫」，讓特夫有權參與所有有調查，並按法國司法制度索賠。法耶德也同意支付這筆律師費。不過，有一件事克提爾並未向特夫提起，那就是加入了「關係人計畫」以後，特夫有權揭開對他不利決定的內幕——甚至可能讓法耶德組織難堪。在特夫加入計畫後，克提爾隨即放下手邊其他工作，展開三星期長的文件調閱工作，為防止外流，所有文件的閱覽都必須在法院人員監視下進行。

其實，飢渴的媒體早已迫使資料走漏，特夫成了案情的重要主角，因為他是唯一的活證。身為代表律師的克提爾自然也成了媒體追逐的對象，信件、傳真、電話和記者拜訪從沒一天停過。法國司法體系的極度保密和控制調查，令慣於自行訪查的外國記者大感頭痛。在法國，記者只能報導法院公布的消息，結果法院卻什麼都沒說。要是一旦狗仔隊被決定為調查重點，法官就只能循著這個方向偵辦，對律師來說，只有在法官的目標對象尚未決定前，先想辦法找出其他線索然後提出要求，因此克提爾非得鉅細靡遺地審閱所有檔案，好讓調查能朝有利特夫的方向前進。

首要問題是：誰該為特夫的損失負責？再來就是要估計求償金額。身受重傷的特夫可能無法再當保鑣，記憶、健康和容貌也可能永久受損，這些該要誰來賠償？證人們對狗仔隊行為的證詞說法不一，而且攝影師們也證明沒有喝酒，看來酒醉的亨利・保羅是最有力的證據——可是死人無法成為被告。從九月十九日和十月二日法官對特夫的兩次偵訊中，特夫提到了為多迪工作的無所適從，證詞上說，是多迪下令要用第三輛車和指派亨利・保羅當司機。

於是克提爾很快地就要求法院檢查撞毀的賓士車內部，作為擴大案情的第一步。安全氣囊的報告最先出來，當時安全氣囊打開，毫無疑問地是因為受到撞擊，只是問題在於氣囊是撞到隧道樑柱才打開呢？還是在撞到那輛仍在搜尋中的飛雅特車時就已經打開，而讓特夫在車子撞毀時失去防護？

安全帶是另一個關鍵問題。克提爾注意到特夫曾向法官表示，除非車速太快，否則他絕不會在市區行車時綁安全帶，可是根據最早的現場報告，特夫當時身上確實有綁。身為車上唯一有綁安全帶的人，這一點早已為媒體大肆攻擊，也對特夫不利。克提爾知道，他必須和媒體保持好關係，而媒體也很需要他，因為只有他才能看到成疊的機密檔案資料。

在巴黎的媒體壓力，如今也傳到了歐斯威區。「媒體不只想要特夫的故事，還要知道我們全家的事，家裡電話在電話簿中就有，CNN、ABC和NBC不斷打電話來。」吉兒說，大兒子賈瑞思在伯明罕的齒科診所簡直就像是被包圍一樣。吉兒和厄尼乾脆在門口張貼告示，寫著：「謝絕採訪，無可奉告。請尊重我們的隱私權。」整個歐斯威區的鎮民也都盡全力幫特夫一家人，使得記者們空手而回，挖不到任何消息。

十一月一日，特夫動身前往巴黎看奇卡尼醫師，順便路經倫敦，拜訪法耶德總部，也見了法耶德為他請的心理醫生。在倫敦待了四天後，特夫在十一月六日抵達巴黎，送給奇卡尼醫師一瓶威士忌酒和法耶德的一千英鎊作為謝禮。奇卡尼對自己的手術結果感到相當滿意，也把車禍現場的照片拿給特夫看，特夫不敢相信，竟有人會不顧救人而只顧拍照。當然，這一趟他也回到了他最想見的車禍現場。看了那些令人震驚的照片，加上不知多久才會復原的身體，特夫自己也不知道還要多久才能回到工作崗位。

從巴黎回來後，特夫決定要搬出去一個人住。吉兒擔心特夫還沒辦法照顧自己，厄尼對此舉也不太諒解。但在特夫堅持下，兩人也只好同意。一個人出門在街上散步，特夫發現自己成為了名人。「每個人都會和我打招呼，問我好不好，從前不太熟的人好像一下都成了至親好友，去商店買個東西就要半個多小時，因為大家都想攔住我聊天，有的時候我只好低著頭走路怕人看見。說來好笑，就跟黛安娜從前一樣。」特夫說。另外，不停打來的邀請電話也讓他感到害怕，最後特夫只有一律回答：「去找我的律師談。」而特夫搬出去以後，吉兒也終於回到她的護士工作上，就和特夫一樣，她也正逐漸回復正常生活。

在特夫準備於十二月十九日前往巴黎接受偵訊前，法耶德打了電話來。「他每次一談到車禍，就變得很激動和憤怒，不斷講著他那一套陰謀論，還告訴我他正在進行自己的調查，要我問法官有關那輛關鍵飛雅特車等等的事。」特夫說，因為不好當場拒絕，表面上特夫回答沒問題，其實他根本沒打算問法官這些事。

來到法院前，大批媒體早已等候多時。特夫心知肚明，這些人都是為了黛安娜而來，也不願對問題多談。克羅福的看法則和克提爾一樣，認為多少要給媒體一些東西，否則他們會失去同情心，寫出完全悖離事實的報導。正如克提爾所說，媒體可以是最好的朋友，也會是最壞的敵人。

「當我剛回家時，我的想法是什麼都不對任何人說，可是日子愈久，我發現到沉默不是最好的辦法，他們無論如何都會擠出東西來寫。」特夫說。愈不肯講，媒體愈想知道，不得已之下只有讓律師作簡短回答。而在電視上看著被媒體層層包圍、兩眼深陷、臉頰布滿傷疤的特夫，吉兒心情不禁跌到谷底，感覺他們一家人都成了媒體和法耶德爭相「獵食」的對象。

第十一章　媒體批判

到了一九九八年二月一日，特夫身體康復，足以重回職場，在車禍後五個月，他走進公園道六十號，開始上第一天的班，完成從他清醒那一刻許下的願望，雖然只是兼職的工作，在櫃檯接聽與轉接電話，但他回到這裡，覺得：「就算單獨一個人，我也能輪值十二個小時。」

在二月二日當天，他第二天和心理醫師一起上工，他又和法耶德聊天：「我經常和老闆聊天，在這段期間每一週大概看到他兩次或三次，他總是問我你認為這或那怎麼樣？你記得那件或這件事？是不是有輛飛雅特轎車飛奔而去？每次他看到我，他的眼睛常常會泛著淚光，看他這麼傷心，我總不能對他說不要再滿口胡言了，我總是說有此可能，嗯，有可能。」

他每隔兩天或三天打電話回家，他聽出老媽的焦慮，通常會問他過得好嗎？他回答工作相當順利，但是他們可以感到特夫心靈受創。

厄尼在二月六日從火車站載特夫上車時，他們對特夫的擔心加深了，特夫告訴他們，哈洛德百貨安排太陽報記者即將來到歐斯威區，為特夫進行人物專訪，他覺得太陽報應該還可以，但厄尼突然感到壓力又從四面八方而來，在倫敦他們不能控制特夫週遭事物，但是回到歐斯威區也一樣，她覺得特夫被外面的力量牽引，無力將他拉回，特夫的身體日漸強壯，他情緒起伏的狀態更讓她憂心忡忡，除了法耶德與媒體外，她懷疑以前軍隊裡老友——大衛・利鐸（David Liddle）也加入遊說特夫對外公開秘辛的行列。

還在歐斯威區家中的特夫於二月十日（週二）打電話給厄尼說，大幅刊登他照片的太陽報在那天出刊，第二天厄尼拿起報紙，太陽報詳細刊載特夫故事的內幕，在此之後，特夫告訴父母：「現在從這裡消失，跑到紐西蘭找我的朋友，一走了之，不是很好？」

吉兒看出媒體壓力可能造成的傷害，祖母南恩經過這些折騰後身體越來越差，她現在已經八十五歲，吉兒發現自己即使一週才工作三天，但也難以專心工作，當她在巴黎看到特夫在電視上，她覺得自己被特夫一起拖下水，沉淪在低潮黯淡的時期。

厄尼在日記裡面寫著：「簡直沒完沒了，週四又有媒體大幅報導，鏡報的前五版全部在寫法耶德，他對多迪、戴安娜與特夫發表荒謬的說辭，特夫不記得發生過車禍，當然不可能形容車禍的始末。」

法耶德對鏡報總編輯皮爾斯‧摩根（Piers Morgan）號稱，發生車禍以來，這是他第一次接受報紙的專訪，在二月十二到十四日，一連三天連載聳動的內幕報導，法耶德在文章內第一次抒發內心的沮喪、哀傷與疑心，他說：「我百分之九十點九相信這不是意外，背後藏有陰謀，我要找到是誰策劃這起意外，在找到真凶前我不會罷休的。」他的律師喬治‧凱奇曼敦促法官調查一輛特別的飛雅特轎車，法耶德自己的調查小組認定這輛車正是行兇的工具。

法耶德的鏡報專訪也驚爆其他的內幕，但特夫與克茲知道多數內容若非出於幻想，也是荒誕不經的說法。

法耶德透露，在歌劇院外面有位護士轉告他，戴安娜生前最後的遺言，但是克茲知道法耶德從來沒有離開醫院到歌劇院，有兩名安全警衛是目擊證人。

法耶德聲稱寶石與鑽石戒指是他付款買下的，在車禍一週前的晚上，這對戀人於蒙地卡羅選定這只戒指，作為訂婚之用，但特夫與克茲確定並非如此，在八月二十三日晚上，他們在蒙地卡羅散步途中並沒有進去羅波西珠寶店，稍後法耶德的網站聲稱王妃在八月二十二日晚上幫忙選購訂婚戒指，保鏢相信這也是隨口胡說，和法耶德以前說的戒指故事一樣離奇。

法耶德告訴皮爾斯說，「我在多迪車禍前十五分鐘和他說話，並且告訴他，你待會出飯店時不要耍花招，走出大門和狗仔隊說哈囉。」但多迪、亨利・保羅告訴克茲，他們打算從飯店後門溜走，這是法耶德親口答應的，他們說的是真話？但法耶德表示對此計畫不知情。

法耶德繼續憑空幻想，其實，他在醫院並未如報載親自得知戴安娜的死訊，而是克茲在他抵達機場時告訴他的，這是小事。

但法耶德聲稱，特夫聽到戴安娜的聲音和她講的話：「特夫在哪裡？特夫在哪裡？」這可不是小事，法耶德說特夫目前在接受心理治療，他每次都記得更多，的確，特夫作了很多夢，也聽到一些聲音，卻都不是很清晰，老闆急於挖掘更多的記憶，特夫也想幫上忙，但是戴安娜只有說一個字多迪，而對吉兒與厄尼來說，他們害怕法耶德只是想操控特夫的記憶，法耶德編的故事扯到特夫，這是為了打擊司機保羅之用。

克提爾在巴黎蒐集檔案時認為，只要特夫為法耶德工作，順他的心意，他的性命就會安全，但是法耶德亟需找另一個代罪羔羊，那些被告的審判無疾而終的話，他對特夫可能很快翻臉不認人。

幾個月以來，克提爾詳加查閱幾百份報告：警方、醫學、巴黎交通、匿名的目擊者、許多照片－而且一再地翻山越嶺尋找神秘的飛雅特汽車，但是到了一九九八年初成堆案牘乍現一道曙光，在一月二十六日，克提爾發現吧台服務生艾倫・威洛麥茲（Alain Willaumez）的供詞和其他敘述保羅清醒的證詞迴異，保羅喝兩杯酒之時，艾倫正好在旁邊，他聲稱親眼看到保羅步履踉蹌。

威洛麥茲有項證詞強烈吸引克提爾，他聲稱：麗池的總經理下令所有員工對警方的供詞一定要和克茲的口徑一致，克茲聲稱那天晚上保羅只是喝水果酒，此外，威洛麥茲的供詞舉出另一位吧台人員說辭，他說夜班保全人員法蘭西斯・坦迪爾（Francois Tendil）試圖阻止保羅開車，顯然此人不夠資深，才無法成功阻止保羅，但坦迪爾為何力圖阻撓？也許坦迪爾知道他喝醉酒，或是擔心給保羅開車不安全？答案在威洛麥茲的呈堂證供，他曾向坦迪爾提及，保羅醉醺醺的離開酒吧，坦迪爾回答說他「知道」。

克提爾懷疑那天晚上麗池還隱藏其他的內幕和決定事項，大禮車裡面有何蹊蹺？

在二月二十三日，特夫到辦公室附近，與心理醫師第三次會晤，他說：「我和醫師提過，我作過同樣的夢境三次，有時候覺得它們很真實，但有時候又懷疑它們的真實性，我不敢相信自己的判斷。」心理醫師證實，歷經極度驚嚇後的記憶也許不可靠。

以特夫來看：「這位醫師從未強迫喚醒他的記憶，我們坐下後先喝杯咖啡、聊聊天，他問我擔心什麼事，第一次回答他，我什麼也不擔心，後來為不得罪法耶德，我繼續去看他，雖然我認為不必再去那裡，但是還是去了。」

法耶德聽到心理醫師說特夫受創的記憶不可靠後，覺得很沮喪，科學家也無法證明那些記憶的真假，但一般認為，困擾特夫的失憶與回憶為相當普遍的病例，哈佛大學心理系主任丹尼爾・雪克特（Daniel L. Schacter）博士表示，受害人忘記重大意外事故前幾秒或幾分鐘的事件，以及對這些事件殘存零星的記憶，這在小規模的車禍事故中是常見的病症。以特夫來說，他曾嚴重腦水種極長時間昏迷不醒，若沒有上述病症，那真是太奇蹟了，雖然不清楚他失去三分鐘記憶的真正原因，但他們認為，這是因為大腦的長期記憶不能整合那三分鐘的事件。雪克特說，也許連電腦也不能掃描到腦部遭到重創的過程，如果恢復記憶的話，會很快在事件發生後恢復，但時間拖得越長，恢復的可能性越低，嚴重事故之前的記憶或許會永遠喪失了。

特夫看完心理大夫，回到辦公室後不到十分鐘內，心理醫師與葛瑞夫登門拜訪，醫師在看完特夫後立即來到法耶德這裡，他告訴特夫法耶德很生氣：「他覺得你一定記得某些事情，我卻告訴他你不記得，我也很困惑你到底記不記得？」

特夫回說不記得，後來法耶德召見他們，三個人便走到老闆的辦公室和他聊天，特夫：「他急於證明這不是意外，但就我所知，這只是一場車禍，但老闆不斷追問，特夫，你記得一輛飛雅特轎車？我們知道誰在後面跟蹤你們，你記得現場有鎂光燈閃過？」

特夫很快像以前一樣回答老闆：「嗯，有可能。」老闆也一廂情願認為，這代表特夫同意他的看法。

葛瑞夫適時插話：「我也在現場，特夫，我想你說過，你記得一些事情。」他可能是為了證明自己是老闆的人，才說這些話。

特夫對老闆說：「我一直說凡事都有可能，但沒說過記得什麼，除了記得在麗池上了轎車的後座，其他簡直一片空白，除了對法官的證詞外，我不會發誓記得其他事情。」

法耶德反駁：「我不明白你為何不能恢復記憶，你現在的身體好很多。」他的挫折感轉為怒氣，全部向醫師發洩：「他到底哪裡不對勁？」

醫師為特夫說話：「他可能永遠都想不起來。」老闆終於放棄逼供，只好小心叮嚀特夫一定要按時去看大夫。

但老闆不會動搖心裡盤算的基石，它需要藉此分散媒體的注意力，新爆發的醜聞纏繞著他，在一九九五年十二月，羅蘭先生（Rowland）在哈洛德的保管箱遭到破壞與洗劫，因此，他在三月二日將親赴警局接受難堪的偵訊，此外，浮華世界雜誌有篇報導控訴哈洛德百貨的用人政策帶有種族歧視色彩，而且他涉嫌性騷擾，但法耶德對這些指控一概否認。

葛瑞夫有充分的理由，配合老闆轉移注意力的花招，首先他得和法耶德一起接受警察偵訊，說明他是否涉及保管箱入侵事件，此外針對浮華世界的指控，他也參與密謀的騙局，他謊稱對外販售老闆私下和解的錄影帶。

特夫被法耶德逼供之後兩天，葛瑞夫又要為老闆辦另一件事，他和特夫一同出去喝酒，他當場告訴特夫，老闆感覺自己被外界砲轟，成了受害者，我打算為他做些事，你可以接受訪問，說出你記得的事情。

但特夫不希望自己和老闆說出「這些記憶」，我一直說不確定這個喊「多迪」的女人聲音是否真實，每次說出這件事我就後悔，結果哈洛德的人都知道了。

特夫：「三月份我又出庭作證，我打算有所反應，但直到看到法官以及跟我的律師談過後，我才敢這樣做。」

葛瑞夫不管這些，他說：「我早上打電話給你，你得做出決定。」

特夫：「嗯，我不能倉促做決定，給我幾週的時間考慮。」

葛瑞夫：「不行，你明天就得決定。」

葛瑞夫對老闆如此言聽計從，一直逼迫他接受採訪，特夫對此感到很失望：「我不信任你。」

葛瑞夫：「不敢相信你在我家，喝我的啤酒，竟然告訴我這種話。」

「我在說你是老闆的手下。」

「沒錯，我就是。」

特夫叫計程車，準備回公園道的總部，離開時對葛瑞夫說：「好吧！明天早上打電話給我。」

他靜下來思考：「我不確定記憶的真實性，也絕對不會撒謊，也不會說出忤逆皇室的話，不可能胡謅他們訂婚了，或是說他們上床，即使如此，他仍想幫助老闆，我不希望傷害到任何人。」

第二天，也就是二月二十六日（週四）早上，特夫回覆葛瑞夫的來電：「我願意接受採訪。」

特夫：「我當時胡亂答應很多事，因為我覺得有必要幫助法耶德，我希望作他的屬下，我很高興重回工作崗位，也喜歡那邊的同事，這是我從醫院醒來後第一個願望，但換成現在的態度，我一定叫葛瑞夫滾到一邊，我最大的錯誤是拖延一段時間，才和律師講起這些事。」

後來特夫接到電話：「老闆在哈洛德等你。」

「我隨即前往哈洛德，經過總機室，看到鏡報的皮爾斯在裡面，然後有人帶我到小會議室，我問葛瑞夫，他在這裡做什麼？」他說：「我沒騙你，別擔心，這與你無關，他為了別的事情來這裡找老闆的，你只是誘餌，勾引他來這裡，我們只要走進董事會議廳，跟他打個招呼。」

「接下來皮爾斯跟一名攝影師走進來，法耶德與保全主任跟著進來，我坐下來，打個招呼，然後他按下錄音機按鈕，開始一連串問題。」

「大家都有機會，我也完全有機會站起來說我不幹這檔事。」但我當下決定：「好，我可以這麼做，開始吧！」

「打從一開始，皮爾斯的頭號目標就是放在我對黛安娜聲音的記憶，即使那時候我拼命想要恢復記憶，也只能說我不很確定，他不斷繞回這個主題，要挖出更多細節，我真是覺得很煩，現在回想這件事，我敢肯定皮爾斯一定想套話。」

「他接下來詢問蘇的事情，我不太想回答，法耶德、葛瑞夫從一開始就待在現場，在訪問結束前五分鐘才離開。」

「我希望在見到法官前報紙不會登出來，法律上來講，我要先跟法官報備這些事情，訪問時間不到半小時，但我早該下班了，一接受採訪，我後悔不已。」

他以後悔的心情打電話給大衛・克羅福，告訴他採訪的事，他說：「天哪，你怎麼這樣！」特夫解釋：「我告訴他們要等我上法庭後才能刊出訪問內容。」

克羅福聯絡盧卡斯，他們覺得這實在太過分了：「在特夫重新上班前一切都在我們掌握之中，他才剛回來，就有蛛絲馬跡可循——法耶德一週前派遣一名太陽報攝影師來到歐斯威區。」緊接著盧卡斯試圖聯絡科爾，傳真給他的文件：「這顯然違背所有媒體採訪需先知會在歐斯威區的我。」但是太陽報依然刊出了。

哈洛德擺了鏡報一道，這也是太陽報的最大勁敵，特夫只是這場賽局的棋子，無論多麼精心的佈局，特夫一心只想保住工作，兩位律師也失去對大局的掌控，他們在週四與週五什麼也沒做，他們仍有時間理出頭緒，特夫曾告知鏡報在他出庭前不能刊載訪問，法耶德預定三月十二日出庭作證，特夫在三月十六日。

特夫接受皮爾斯訪問的第二天（二月二十七日），搭車回家，他從電話聽出來自己闖禍了，吉兒與厄尼趕到他的住處，厄尼：「特夫看起來非常氣急敗壞，來回踱步及拗他的手指關頭，然後告訴我們事情的始末。」特夫也說他聽到葛瑞夫說，蘇想要出書賣錢，簡直不敢相信蘇會這樣！

厄尼：「特夫不再相信任何人，他覺得周圍的人都是想要發財或升官，才會接近他。」

果然數週後，在三月十五日蘇的故事刊登於世界新聞上，其中她形容特夫下巴縫線突然斷掉的情節，惹得他哈哈大笑，書中這樣寫著：「保鑣的父母親首次揭露戴安娜與多迪死於車禍的噩耗時，驚嚇過度的特夫嘴巴張太大，後來醫師得重新縫合。」特夫：「這些人的去世很讓人感傷，所以看到蘇敘述我下巴脫線那段，只能自己偷笑，真正的原因是有天早上我打個哈欠，聽到喀啦一聲後發現自己的下巴幾乎不能動，說話困難。」

吉兒現在很少笑，她下午上班時心事重重，雖然她很討厭「抑鬱」的字眼，但是看到媒體吵鬧不休及所謂專家對特夫的批評，她覺得自己在承受「反動式抑鬱」之苦。

厄尼：「無論我跟吉兒說什麼，她都聽不進去，眼見特夫精神如此受創，卻拿不出一點辦法，他接受長期的心理治療，如今卻見到他的情緒再度起伏不定。」

吉兒：「特夫不應該接受報社的採訪，但是他沒有選擇，他被迫捲入。」厄尼感謝上帝，特夫對他們吐露心中事，厄尼：「我覺得他一定要自己做主，我太了解特夫，沒有人能強迫他做任何事。」

那一天特夫又幫忙法耶德，他接到哈洛德來電：「皮爾斯與特夫合照的底片洗不出來，他建議他們派另一位攝影師到歐斯威區。」特夫：「我之前什麼都說可以，現在怎能說不？」但他們又派來一組攝影人馬，特夫立刻拒絕對攝影機講話，對方只好妥協，拍攝特夫漫步公園的畫面。

那天晚上SKY電視播出特夫漫步的畫面，為第二天鏡報刊出的內幕報導打廣告。

在二月二十八日週六，特夫的臉孔、疤痕果然登上鏡報投版的版面，標題搶眼的寫著：「我活過來了」，小標題：「大獨家：戴安娜的保鑣特夫親自述內幕」裡面兩版精華摘要週一起連載三天「本年度最精采的訪問。」

對特夫而言，鏡報如此聳動的報導，造成他開始對老闆失去信心，他說：「我真是啞然失色，我叮嚀他們，要等我見到法官才能刊載，這絕對不是獨家報導。」裡面有最糟糕的——半版刊登皮爾斯與特夫在哈洛德正襟危坐的合照，中間放了一台錄音機，昨天報社竟然騙他說這張底片洗不出來，哈洛德簡直把他當白痴在耍。

特夫聯絡葛瑞夫，宣稱他現在能隨意跟任何人攀談，他也聯絡律師大衛。

盧卡斯週六早上去辦公室途中，照例讀著早報，卻赫然發現特夫的臉孔上了鏡報頭版，後來大衛也進來辦公室，他們兩個人氣瘋了，盧卡斯：「鏡報暗示他們買了特夫的內幕報導，特夫也記得那天晚上的多數事情，報社假設，特夫的律師對他出售全球獨家報導一事完全不知情。」現在他們也要報社寫個頭條新聞：「引狼入室」。

全英格蘭殷切等待週一開始聳人聽聞的連載時，倫敦和歐斯威區之間以電話和傳真機秘密傳送緊急文件，特夫唯有靠著這場戰役的轉折點，才能掌控自己的命運，原本低調處理特夫案件的盧卡斯這時跳出來，站到最前線。

他們能向法院申請到強制令，及時阻止連載故事的刊登？大衛猜想：不可能，雙方未簽訂合約，報社有刊登的自由，特夫也能隨意和人交談，特夫也不想封殺這篇報導，他不要和法耶德宣戰。盧卡斯說明：「特夫最擔心兩件事，首先，大家以為特夫以炒作車禍新聞謀利，其次是特夫要跟法耶德保持良好關係。」特夫是他們的客戶，但兩位律師必須公開幾點聲明：「這篇故事並非獨家，特夫已被告知，在上法庭或未經律師同意前，不能公開發表文字報導，而且他分文未取。」這些是他們發布的新聞稿內容。

到了下午一點二十六分，盧卡斯對法耶德的公關室傳真措詞強硬與直率的新聞稿，值班的職員從車內打電話給盧卡斯，堅持說：「必須經過法耶德本人同意，後來葛瑞夫打手機給他們，堅稱其中有段陳述錯誤、不對，法耶德從頭到尾沒有出現在訪問現場。」盧卡斯問特夫：「這是真的？」特夫用鉛筆畫個叉，證實這不是真的。

法耶德的首席律師班森（Stuart Benson）上陣了，以電話與傳真更正有關心理醫師部份的「不實情節」：不、不、不，特夫按照法耶德的要求去看心理大夫，並非「企圖喚回他對八月三十一日事件的記憶」只是為了特夫好才這麼要求。

他們整個下午都在密集磋商，電話與傳真不斷湧入，許多媒體來電詢問，盧卡斯認為鏡報吸引新族群的目光：美國女性電視記者，各大電視網新聞節目大肆報導訪問內容，在週六下午引來CBS新聞網女記者賈姬・潔巴拉（Jackie Jabara）登門造訪，這位緊迫盯人記者的來函歸在盧卡斯檔案裡，但她以迅雷速度飛來歐斯威區，住進溫思戴（Winnstay）飯店，走路兩分鐘到達盧卡斯辦公室。

她傍晚時來到這裡：「如何見到特夫？」交給盧卡斯一封信，內述：「我謹代表CBS電視網與丹・萊瑟（Dan Rather），邀請您接受我們的訪問。」她是個衣著光鮮、富有魅力的美國記者，舉止從容得體，和英國記者唐突與獨斷的風格截然不同，盧卡斯和克提爾以後開玩笑說，美國電視網總是派遣貌美性感的女人出外採訪，這些女人都成了每天掛在牆上的壁畫，她們也很聰明及言談得宜，從潔巴拉亮麗的表現，可以看出美國電視網的深厚財力與權力。

伊安・盧卡斯不清楚誰是丹・萊瑟、芭芭拉・華特絲（Barbara Walters，目前主持幾個知名的新聞節目有「六十分鐘」等，伊安跟潔巴拉講的話，和他對ABC、NBC、BBC等講的一樣，他說：「鏡報並未取得獨家專訪，現階段還不清楚情勢的演變，但在天黑前應該會明朗化，請在四點或五點前來電。」事務所簡直像杜鵑窩，他們得快點發布新聞稿。

經過特夫修改後，對外聲明的措詞被軟化，伊安：「特夫不希望我們太強悍。」但他認為他們的籌碼少得可憐：「哈洛德明白特夫只有形體上跟我們在一起，他想把我們逼到場外，如果特夫在倫敦，他們會玩弄他於股掌間，那篇訪問會直接發表出來。」班森甚至在新聞稿最後，以特夫的口氣附註一段說明：「我很擔心讀到以前的報導暗示我在出事當晚沒有表現專業能力，這些全部為不實的指責。」

法耶德的人馬不曉得伊安與克羅福根本控制不了特夫，伊安：「我們催促特夫那個週末立刻辭去現職，因為鏡報事件，我們亂了方寸，若特夫當場答應辭職一事，我們有機會扳回頹勢，若『保鑣辭職』頭條一出，沒有人會認真看待訪問的內容，我們連一句話都不用說。」但是特夫拒絕了，他要繼續幫法耶德做事。

伊安在遊說特夫辭職時，並不曉得吉兒與厄尼也對特夫施加壓力，伊安尚未與他們會面。

如今的緩兵之計是讓特夫請假，伊安不用跟對方多談，他說：「法耶德陣營攤在明處，他們害怕如果不准請假，特夫會遞出辭呈。」現在只求特夫答應辭職了。

伊安：「草稿經過數度修改以及熱烈的討論後，終於在週六的下午茶時間對外發表新聞稿。」這份聲明約在下午六點二十分傳給美聯社。

新聞稿前面寫著：「我希望說明與皮爾斯的訪問如何敲定，絕對沒有因為接受訪問收受分文的酬勞。我了解鏡報昨晚在沒有知會我或律師的情況下，聯絡其他媒體，號稱取得這篇報導的獨家權，後來造成過去二十四小時，我像活在地獄一樣，我被迫躲藏在某處。」

新聞稿送出後，特夫出去，探望父母親與朋友海倫，在媒體大隊人馬湧入事務所時，律師不希望特夫在旁邊，新聞發布後一小時內，第一個來電的媒體要求購買特夫故事的版權，到了週六晚上八點半，皮爾斯來電，他看到新聞稿，律師的謀略收到效果，這位八卦報的名總編讓步妥協了，伊安：「他樂意給我們一份聲明，說明這不是獨家報導，特夫沒有收取任何酬金，以後只要見報的文章，他都會先傳來給我們檢查。他也願意支付有關這些報導的訴訟費用，後來說定的價碼是一萬英鎊，他知道自己處境困難，原先以為得到全球的大獨家，沒想到後來被我們反將了一軍。」

摩根也透露其他詳情，伊安告訴他，特夫因為沒有看到訪問的內容，感到很生氣，摩根詫異的說：「我把內文一字不漏的傳給法耶德，以徵求他的同意，我和葛瑞夫保持密切聯繫，我以為特夫本人同意此事。」摩根答應立即傳來他的書面聲明，並在第二天早上將連載的頭期款匯給伊安。

伊安與克羅福晚上十點半拖著疲累的身子走下樓，到了漆黑的馬路時還得撥開成群的記者與攝影機，第二天迎接他們的媒體會更龐大。

伊安認為，第二天（週日）真有踩到狗屎運的感覺，新聞稿聲明連載並非獨家授權，媒體以為特夫要抬高價碼，隨即掀起一場爭奪戰，英格蘭最熱賣的報紙——太陽報起標五萬英鎊，很快提高到二十萬英鎊，其他媒體也競相出價，律師沒有拒絕他們。伊安：「特夫是個窮光蛋，他們必須謀求特夫的利益，律師也要考量自己的利益，即使他們和班森簽署訴訟費用合約，但只從法耶德那裡收到一比筆款項。」

伊安妥善處理標價事宜，另外，特夫與克羅福忙著編輯皮爾斯傳來的第一集文章，伊安看了作品後擔心，特夫為了取悅老闆，做出太大的讓步，週一的頭條：「我聽到戴安娜車禍後呼喊著多迪」，後面緊接著寫說：「我依稀記得車內後座傳來女人的聲音，先是一陣呻吟，而後喊出多迪的聲音，這可能就是黛妃，我意識清醒，她也是。」特夫根本不確定這段回憶，但皮爾斯為何不在這裡插入質疑的警告，他掉入法耶德設下的偉大愛情故事圈套。

他們工作到一半，突然有封信來自史洛雪爾星報——當地的小報，伊安驚愕的問：「特夫，這是什麼？」信函指出該報即將刊登一篇報導，詢問他們對特夫年輕時被判酒醉駕車的罪名有何看法？這是九年前的事了，當時特夫二十一歲，幾杯黃湯下肚，開車撞到另一輛車，看駕駛人不在車內，特夫害怕會以超速的罪名挨告，所以馬上駕車逃離現場，特夫對此不成熟的行為感到非常的後悔，但法律上而言，媒體不准採用陳年判決，但伊安：「克洛雪爾星報仍有可能刊登出來，我們怎能控制它？」然而，以前競選議員的經驗現在可以派上用場，他認為：皮爾斯會盡力協助我，我聯絡皮爾斯，要求他在週二連載的內幕報導旁邊，附加一篇特夫酒醉駕車往事的聲明，抽掉地方版的新聞。

太陽報預定下午兩點為特夫故事的截標時間，快到中午時伊安電告皮爾斯：「我們收到許多人的出價，現在相當舉棋不定。」對方聽完，停了半晌，剛開始他聽不太懂，但後來恍然大悟，明白他的處境極度危險，若隔天太陽報刊出訪問內容，連帶大批鏡報的小人行徑，屆時皮爾斯真是沒得混了，皮爾斯顫抖的說：「你不會這麼做吧！」伊安：「我們要為客戶探討各種可行性，到下午時會通知你。」在氣氛緊張的午後，大把鈔票向他們頻招手，最高的標價為五十萬英鎊，出價者依然是太陽報，伊安要特夫脫離法耶德的束縛，趁著機會趕緊告訴特夫：「若你將專訪的版權賣給太陽報，踢掉鏡報，法耶德利用媒體的詭計會前功盡棄，你和法耶德也將永遠分道揚鑣。」但是特夫決定一律回絕所有的標價，仍然選擇鏡報，他決定乾脆不要收取分文報酬。

伊安經歷這兩天的緊張刺激期間，才對特夫有些了解：「律師與父母親不斷懇求特夫離開法耶德，但特夫為何執意留下來？」他滿腹的狐疑卻不比上特夫面臨的衝突，金錢不是衝突的來源，特夫：「我樂於拒絕五十萬英鎊，我不需要這筆錢。」兩週後特夫也輕鬆推掉美國八卦報國家詢問報一百萬美元的買價。

伊安電告皮爾斯這個大好消息，他也忍不住嘲笑這篇即將問世的肥皂劇，皮爾斯：「我只是找了小編輯寫這玩意兒。」但是玩笑歸玩笑，律師深知這篇荒謬的愛情故事搬上舞台時，特夫的公信力可能慘遭蹂躪。

雖然兩位律師下班時身心俱疲，但他們在控制傷害上，算是打了一場勝仗，伊安：「這真是轉捩點，特夫終於清楚自己被特夫利用了，法耶德原本把我們看做鄉巴佬，但經過這個週末，他應該知道我們不是好欺負的。」

吉兒與厄尼在三月三日（週二）看到鏡報刊登吉兒與特夫的照片時，自嘲笑：「我們成了八卦報的配角了！」週一起鏡報連載訪談內容，全國民眾趨之若鶩，連載的三天內，李斯・瓊斯一家有如做了一場惡夢，他們全沒有隱私可言。

三月二日（週一）刊登的第一篇連載標題：「我在車禍後聽到戴安娜呼喊多迪的名字」，充分證明兩人彌堅的愛情以及法耶德想要的回憶。在同一天，其他抨擊特夫的文章也跟著出籠，特夫看了以後很難過，中午出去吃午餐，順便散散心。

厄尼：「特夫又在拗他的指關節，不敢相信報紙難堪的批評，他只把專訪給了鏡報，其他落空的媒體矛頭一致指向他。」吉兒知道辭職一是必須由特夫做主，但她建議特夫請病假，這樣一來，特夫不用請辭，也能遠離法耶德的魔掌，那天晚上特夫和達倫（Darren）出去買醉了。

法耶德派達倫在報紙圍剿時期照顧特夫，歐斯威區充斥太多的媒體人員，他們只好溜到鄰近小鎮艾利斯米爾（Ellesmere），外宿美好的一晚，接著到週一晚上，他們躲在當地一家飯店，第二天達倫便啟程回倫敦，當天也是特夫的生日。

特夫三十歲生日當天，早報寫著：「媽媽握住我的手說，實在不知如何告訴你……戴安娜與多迪已經去世了。」那個震撼的時刻竟然變成這等濫情的俗物！裡面刊登全家人的合照，也有厄尼和吉兒的結婚照，旁邊的方塊文章寫著特夫在二十一歲時因酒醉駕車被捕，這是皮爾斯和伊安商量的結果，但也夠讓特夫尷尬，當時特夫因此被處以吊銷駕照一年的懲罰，但他學到寶貴的一課，從今以後，喝酒絕對不開車。

吉兒與厄尼眼裡只有特夫的故事，漏看下面一篇報導：「警局舊偷竊案偵訊法耶德本人。法耶德承認，他的員工未經老闆的允許，敲破羅蘭先生的保管箱。」特夫忍受酒醉駕車舊帳被掀開的痛苦時，法耶德也災星當道，但是大家被特夫的精采故事迷住了，根本無暇分心注意法耶德的醜聞。

六個月來吉兒與厄尼護衛隱私權的努力，似乎在這幾天全部付諸流水，李斯瓊斯一家人正處於生命的最低潮。

鏡報連載隆重登場時，也引起其他媒體的尖銳批評，特夫的律師對此感到義憤填膺，衛報的記者波特（Henry Porter）寫道：「法耶德明目張膽的急欲大家接納自己和他對八月三十一日車禍的敘述，無視於戴安娜兩個小孩的想法，各種黛妃死因的疑點不斷的干擾他們。特夫藉由心理醫師的協助，能夠確定他聽到戴安娜在車禍後呼喊多迪的名字，我無意苛責李斯瓊斯家人，但我們要問他那脆弱的回憶，到底受到多少的誤導，我敢假設法耶德必定在現場聆聽採訪內容。」

伊安也擔心法耶德把特夫當成魁儡——頂多只是這個偏執狂的代言人。

在特夫對法官陳述新恢復的記憶前先讓媒體刊載這些故事，接下來一週左右接受第二與最後一次的採訪，這樣非常不好，法官可能認為他不可靠，也會破壞律師全力為他營造的良好印象。

他們和鏡報洽談妥協方案，背後原動力為絕望的心情，而非正面迎擊的策略，他們以後可需要這樣的策略。

第十二章　「我不再回去」

特夫的律師們已嗅出濃厚的火藥味，他們深知與法耶德王國的的這場爭戰將打得相當辛苦，「他們有強大的戰備，他們可收買任何人，包括政治家、媒體或其他相關證人，而唯一的自保之途，就是反擊。」但到底要怎麼做呢？克提爾和伊安各在巴黎與歐斯威區想著因應之策，最後他們決定要在法庭開審之前，先安排特夫與法官史特芬見面會談，讓特夫表達他對之前訪談事件的悔悟，於是克提爾運用了一些私人關係與技倆，成功地為特夫安排了兩天後的會面。他絕口未提此案議題將圍繞在兩大關係人特夫和法耶德身上，他只是將鏡報（Mirror）的相關報導內容及特夫對於該事件的證詞與歉意整理給法官，讓法官對此案的來龍去脈先有個初步瞭解。

特夫的三位律師一致認為這次安排特夫與法官的會面意圖需要絕對地保密，於是他們故意跟媒體透露：「史特芬法官是因為對特夫先前的安排訪談事件感到大為光火，所以要求特夫於周五先去見他，準備好好地斥責他一番。」這個藉口看來似乎相當奏效，因為非但法耶德沒有異議，甚至連特夫自己都信以為真。

原本特夫至法國會晤法官的行程被安排地相當縝密，將由大衛從倫敦經海底隧道至巴黎全程接送，直到特夫來電說法耶德那邊已安排他與其他隨侍人員一起乘坐歐洲之星火車至法。這對克提爾等三位律師來說，根本就如同變像的綁架行為。僅管大衛曾試圖去攔截，但還是途勞而返，他們害怕的是這又是法耶德一貫的技倆，試圖把特夫與他的父母吉兒和厄尼在巴黎嚴密地與外界隔絕起來。

「當時其實我還滿高興可以跟我的工作夥伴們一起乘車前往，直到在火車上時，達倫跟我提到老闆希望我到了巴黎後，不要乘坐大使館安排的座車，這讓我覺得荒謬極至，也開始讓我漸感壓力。」

三位律師現在完全深信戰爭已展開，並對法耶德想孤立特夫的計謀感到不恥，為了不讓他再次控制特夫在巴黎的行動，克提爾特地跟英國駐法大使館申請了一輛小型巴士及三位隨從保鑣來負責護送特夫與法官會面的行程。

但是在特夫的身邊還是一直有法耶德的人馬隨侍，即使特夫要求他們離開，還是無法得到自由，一個早上他上下克提爾的辦公室數次，大四人馬依然尾隨，這讓他的律師們頗擔心，但後來特夫便放棄要他們離開的想法，而覺得他們似乎有留下來的必要。

麗池的總裁克萊恩在克提爾與大衛和特夫密談時致電給他，表達法耶德對大使館所做的安排十分不滿，「我不在乎！」克提爾如是說，並提醒他在開審之前不應該跟證人有所接觸，法蘭克聞言似乎表現出些許的緊張與害怕，或者還有些心虛，因為他聽得出來克提爾在暗示於稍早在溫莎別莊（Villa Windsor）時，他半脅迫特夫簽下一份文件那件事。文件中法蘭克要特夫簽定由克提爾在法國調查車禍事件，而大衛與伊安則留在英國，其目的是要減少他們的接觸。這份文件讓特夫看了大為憤怒，並馬上通知他的三位律師，他開始覺得有種被法耶德利用的感覺。

當特夫從克提爾的辦公室下樓，準備要前往法官處時，他發現大使館所派的小巴士和麗池的賓士車，兩方人馬聚集在大門處，讓特夫的為難與掙扎達到頂點，他不知該順從工作夥伴們的意願，還是遵照律師們的指示，他只覺得難以忍受兩方戲劇化的表現，最後他還是選擇上了小巴士，但他回頭跟達倫和班打了個招呼，要他們緊跟在後。

初抵達法院之時，從入口到走廊擠滿了媒體記者與攝影師，讓特夫與律師們進退兩難，要順利通過這大批的人群十分困難，於是特夫被指引從後門進入。法官的態度如克提爾所預期地一樣，非常客氣與溫和，除了還是對特夫當初擅自對鏡報發表言論一事有點意見，可是特夫的解釋是當時意外一發生，他隨即被送往醫院進行治療，記憶所及一切如夢似幻，真假難辨，情況有點混亂，等到他完全恢復意識時，已經無法確定曾經發生的事情，究竟是夢境，抑或真實的記憶？不過他向史特芬法官表示，日後他若有任何需要補充的事項，一定會先向法官報告，而法官也善意回應：「基本上，你是本案的受害者，你有權做任何你想做的事。」

會談結束後克提爾即到前門與媒體會面，在二十分鐘內他分別用法文、英文與德文簡短地作了個報告。而特夫則回到克提爾的辦公室，跟大衛討論會談的經過後，隨即坐上了麗池的賓士車，隨同夥伴們趕搭歐洲之星火車回到英國。

在特夫跟法耶德的人馬回英國後，大衛也開著車準備回歐斯威區，一路上他反覆想著相同的問題：「即使我們大費周章地要幫特夫遠離法耶德的勢力，特夫就是沒有辦法做到，依然深受影響，即使他口頭上總是聲稱他瞭解他們的用意，這個問題還是顯得相當棘手。」

不過特夫在回到倫敦後就慢慢開始感受到法耶德的詭異。他先是安排單獨與老闆會面，特夫被帶到法耶德的大辦公室裡，而且他可以感受到老闆不是很高興。

「你為什麼要坐上大使館安排的車？MI6有試著跟你接頭嗎？」法耶德咆哮著。

「不，沒有，而且當時我有試著要夥伴們一起上車，但⋯⋯」特夫解釋著。

法耶德轉而攻擊他的律師伊安和大衛，並怪特夫沒有乖乖地把克萊恩在溫莎別莊要他簽的文件趕快簽定。

「你的那些律師都是小鎮律師，他們根本搞不清楚自己在幹嘛！」

「可是跟他們在一起讓我感到很高興，跟您在一起也讓我很高興⋯⋯」

「你背叛了我，你拒絕簽定我要你簽的文件、你跟克萊恩作對、你還坐了大使館的車！」

「我實在不敢相信你竟然指控我不忠！」特夫試著克制自己即將爆發的情緒，「我之所以選擇乘坐大使館安排的車子，是因為我的律師和一位哈洛德的律師都認為我應該表現出某種程度的獨立。」

「如果你不能對我忠誠，你就離開吧！」老闆氣燄高張地對他下了最後通牒。

特夫實在受夠了法耶德的不可理喻，「你真的要我馬上做決定嗎？我會立刻就走的。」他隨即站起來準備離開，一旁待命的保羅・韓利・葛瑞夫見狀馬上出面平息兩方的怒氣，法耶德接著說：「不，你不需要馬上做決定。」

「如果沒別的事的話，那我就先走了，我需要時間好好地想一想。」特夫於是告辭了老闆。

三月九日大衛寫了封信給克提爾表示對特夫行蹤的憂慮，他懷疑他們的客戶消失了，他希望特夫能回到歐斯威區，不要讓他們跟特夫斷了聯繫。而事實上，特夫的確在歐斯威區，他只是想要獨處一段時間。在與法耶德不甚愉快的會面後，三月八日的晚上特夫跟家人一起用餐，他告訴了吉兒和厄尼這幾天發生的事，包括與史特芬法官的會晤、克萊恩在溫莎別莊要他簽的文件、以及法耶德乖張的行為，讓吉兒和厄尼更加確定法耶德強烈地想要完全控制特夫並將他與外界隔絕。

特夫接著又頗生氣地告訴他們，他以前的一個同事戴夫・李道（Dave Liddle）最近竟然未經他的同意與證實，擅自把他的故事賣給太陽日報（the Sun），於三月二日刊登出來，其內容有許多皆非屬實。

「他之前就曾經多次打電話給我，但誰曉得在還未取得我的首肯，他就已迫不及待地把不實的故事登出，雖說君子愛財，但也要取之有道嘛！」

特夫現在幾乎處於一個四面為敵的狀態，除了一些想藉機從他身上撈一筆的朋友外，法蘭克和法耶德更是對他心懷不軌，而他的律師們更像個傻子似的無法完全掌握他的行蹤，他似乎是沒什麼朋友了。

「我認為大家似乎都忘了特夫才剛從可怕的車禍中生還」母親吉兒替兒子辯護著，「他需要時間復原並重新地整理自己。」吉兒鼓勵兒子藉口因病需要休息而跟法耶德辭職，但特夫拒絕這樣做，「我不辭職，我需要這份工作。」厄尼無奈地表示，「他實在很喜歡他的工作。」

隔天三月十二日，當吉兒和厄尼看到法耶德在電視上咆哮喝斥時，他們深深地感受到這個曾經對他們表示無比誠意並保證會照料一切的老闆，其實對他們是深具威脅與危險性的。

三月十三日，克提爾速至法院取得前天法耶德發表的證詞，他發現在證詞中，法耶德除了大肆逢迎法官，褒頌其司法系統的公正，並讚揚肇事司機亨利・保羅的專業外，並沒有提到任何與特夫有關的證詞，而克提爾推測，法耶德此舉不外乎為日後要對付特夫，埋下了伏筆。

三位律師於是達成了一個共識，除非特夫辭職，完全獨立於法耶德的操控，否則他們將無法繼續代表特夫處理此案，他們要將特夫導引到一個正確的方向，與他們一起並肩作戰。三月三十日，克提爾 擬了一封長達五頁的信給特夫。

「親愛的特夫，……既然此案無關監禁或服刑等判決，而主要訴求為賠償金與合法義務的考量，法耶德勢必將被迫接受其中一項判決，而不管狗仔隊攝影師最後有沒有牽涉其中，若判決結果是麗池酒店之疏失，你就有相當的機會於刑事法庭中申請賠償。

「相信法耶德一定也知道如此，所以唯一的出路就是儘快找一個代罪羔羊，包括你也是人選之一，因而他在與法官的會面過程裡，他逕自地褒揚保羅，確矢口未提及你，不想表現出對你有任何正面評價，以便日後隨時可將矛頭指向你，更甚而控制你對媒體所發表的言論，控制整個調查過程。

「就你所知，媒體一向是你最大的利器……，而目前他們的意見都傾向於既然你已表現對法耶德莫大的忠誠度，一但他開始有對你不利的行動，你若繼續監持你的愚忠，只會讓人覺得偽善，你根本就不應該遵行他對你的所有要求……

「我無意要對你施加壓力，但告訴你這些是我的責任，我並不想對自己的專業降格以求……，如果你依然選擇待在法耶德身邊，我只好請你再委託其他律師代你辦理此案。」

克提爾的這封信寫得相當實際卻略帶殘酷，但他不得不這麼做，長期以來他感到孤單，他也不想繼續在法庭中孤軍奮戰，而特夫的一些對法耶德過於服從的舉動也讓克提爾常很尷尬地跟外界解釋這場爭戰不是他私人跟法耶德的過節，他只是特夫的委任律師，負責協助特夫罷了。

讓事情走到必需對特夫下此最後通碟的地步，其實三位律師們都很不好受，伊安是律師中年紀跟特夫相仿，較瞭解特夫的一位，「特夫是一個不斷在尋找正確的出口，而一但找到了，就會堅持到底的人。我們並不想給他壓力，但情況已不允許他再猶疑不定了。」

從某種角度看來，克提爾也是頗同情特夫的立場，「他對法耶德的愚忠與盲從，並不是因為懼怕法耶德將對他施壓或擔心工作不保，最大的原因在於他長期所受到的軍事教育都是教導他要服從，作為一個專業的安全人員，更是完全遵循所被交待的事項，一時之間要他從聽命者轉而為發令者，他的不適應與所承受的壓力是可以理解的。」

三月三十一日，吉兒和厄尼從義大利滑雪假期歸來，特夫隨即告訴他們律師們寫信給他要他在法耶德和他們之間作選擇一事，特夫顯得很憂心，「我無意傷害任何人，我只是想做好我的工作。」他說，此時的特夫相當激動，試圖理清一個頭緒，「他現在進退維谷，被迫要作出一個很重大的決定，相信連他自己都無法確定是否能夠承受。」吉兒表示，下個星期，他還有手術要做呢！

在後來幾天中，特夫處於痛苦的思索階段，以前的一位工作夥伴對他說的話令他有所醒悟，「特夫，你好不容易從災難中存活過來，應該給自己再次享受生命的機會，做你想做的事，做你快樂的事，不是嗎？可是你似乎並不快樂。」「我的確不快樂」特夫回答。「別相信公司那幫壞蛋，他們根本不在乎你，如果我是你，我絕不再回來了。」

特夫從沒想過這份工作只是個圈套，他於是開始掙扎思考是否該辭去工作，離開法耶德。「他幾乎決定辭職，但又有點擔心法耶德接下來不知會採取什麼舉動？」厄尼鼓勵他，「我們在巴黎做得到，現在也一樣做得到。」

四月六日特夫又動了一次手腕手術，進行還算順利，但他感染了風寒，醫生讓他服用抗生素，但他在醫院待了將近一星期都未康復，吉兒於是把他帶回家並讓他服用TLC，「很難說特夫後來迅速康復是因為抗生素或TLC的效用，但吉兒還是堅持他藉病離職。」厄尼說。

四月十七日星期五，特夫已痊癒，並準備動身前往卡爾地夫觀看一場橄欖球賽，隔天卻接到同事奧普斯（Ops）的傳訊，通知他老闆要他星期一即抵達蘇格蘭。我十分地生氣老闆的如此安排，首先，我都還沒有好好地休過一次假，而且我根本也還沒決定要不要回去繼續替他工作，他竟然要我在這麼短的時間內趕到蘇格蘭，實在是太荒謬了！這看來無疑是種懲罰，我現在要好好地享受這場球賽，一切等周末過後再說。」

其實在特夫心裡，他已暗自下了決定，自從醫院回來後，他試著替身邊的每一個人做到最好，卻從未替自己想過，現在他卡在法耶德與親友律師之間，法耶德怪他受別人影響，媒體報導他受法耶德影響，而父母律師則指出他被法耶德利用，沒有人試著瞭解他的忠貞，他並非一個唯命是從之徒，他要替自己做出決定，他要開始反擊。

「於是我在星期一早上致電給奧普斯，告訴他我決定不回去了，我辭職了。」特夫隨即委託伊安發了篇新聞稿，宣佈特夫辭職的消息。

「我希望在去年八月的悲劇事件後能繼續我個人的生活，這也是我決定辭職的主要原因，對於現任的雇主，本人身表遺憾，也由衷地感謝長官們與穆罕默德法耶德先生一直以來的支持與照顧，幫助我度過最艱難的時光。」

法耶德在倫敦的律師史都華班森（Stuard Benson）也隨即對此做出回應：「法耶德先生對於特夫的決定感到相當地遺憾，他同時表示日後若有機會，仍樂意與特夫共事。」史都華班森同時也通知特夫的律師們將終止訴訟費用的支付，此點讓伊安與大衛感到好笑，因為數月以來他只付過一次款，而且還是在鏡報（Mirror）的壓力下所支付的。

當天的午餐時間特夫致電給吉兒與厄尼，告訴他們辭職的消息，事情終於走向明朗化，特夫終於自由了。看到特夫如此，吉兒也終於鬆了一口氣，而厄尼也將這一天特別在日記中記下，做為長達八個多月來心痛與挫折之日的終結，而嶄新的一頁正為特夫展開，特夫拯救了自己的靈魂。

「我必須承認當我宣佈辭職的那一刻，彷彿肩上一顆千斤重的石頭落了地，心裡感到無比地輕鬆，有一種終於置身於這一切之外的感覺，消息發佈後，雖然法耶德的回應頗為善意，但我知道這只是短暫的，至少我得到了片刻的寧靜，我試著忘記跟車禍有關所有不愉快的事，專心過自己的生活。」

隨著特夫的辭職，克提爾要開始準備應付法耶德的攻擊行動，「我相信他會變得相當生氣，並且開始小心地動作。」他也在四月二十八日致電給大衛他們，要他們小心有可能會被跟蹤或竊聽，他深信以法耶德的個性，非常有可能做出這些無理的舉動，因為他在巴黎一手建立的王國，隨著官方的調查，正面臨嚴重的威脅，他必須將自身的挫敗找人渲洩，而特夫正是最佳人選。

根據線報，克提爾得知目前法院的偵查正鎖定麗池酒店和艾特樂公司的幾位關鍵人物－克萊恩、胡雷、慕沙、菲利普等人作調查，他認為這對特夫是一個大好反擊的機會，只要法官能夠判定除了狗仔隊攝影師外的其他人須對事件的發生負責，特夫就有機會在英國的民事法庭伸請訴訟賠償，特夫也是這場悲劇的受害者之一，他有權替自己爭取應得的權益。

然而法官在四月底的偵查並沒有提出太多克提爾希望得到的證據，但六月二日克茲在蘇格蘭的辭職事件卻加快特夫展開行動的腳步。原因是五月二十五日，克茲在蘇格蘭的城堡中拒絕為法耶德錄製第二卷的「陰謀論」錄影帶，他認為整個事件純粹是一起悲慘的意外，毫無荒謬的陰謀可言，此舉激怒了法耶德，也讓法耶德首次在會議中，公開用惡毒的言語斥罵所有的一切都是由他們這些白癡保鑣所引起的，他們才是陰謀執行的幕後黑手，他甚至責怪英國政府、菲利浦親王與安全警衛應對車禍負責，克茲在六月三日宣告辭職後透露：「我的老闆確信威爾斯親王和小王子們是一宗陰謀的受害者，他甚而冀望我們去支持此說法，這是不可能的，我無法違背自己的良心與誠信。」

六月五日，攝影師們和其他相關人士舉行了一場聽證會，克提爾認為這場會議的舉行，作秀的成份居多，並不鼓勵特夫參加，而法耶德居然當場公開挑釁戴安娜王妃的母親，「她是個小人，她還自以為是席巴女王呢！她離開了她的家庭，我根本對她不屑一顧。」接著法耶德的發言人對攝影師羅莫德瑞特（Romuald Rat）提出了一個頗另克提爾擔心的問題，他請他證實當晚特夫的確有告訴攝影記者們

「只要在不打擾到王妃和多迪的情況下，他們被允許在一定的距離外拍照，」此段言論等於是替攝影師們脫罪，卻把特夫淌進了混水。

克提爾在六月八日的時候已準備好替特夫提出上訴，但他還是希望可以得到多一點證據與線索。到了六月三十日，他向法官提出再次質詢麗池酒店和艾特樂公司的幾位相關高層與司機，目的在他們之中找到矛盾之處，引發其內部的騷動。而特夫要開始準備做一個不情願的侵略者，即使他內心多麼不希望樹敵，但為了保護自己，還是必須做好對抗自己老闆的準備。

在質詢中又有一項不利特夫的威脅出現，司機拉法葉（Oliver Lafaye）透露當時有人計劃要殺特夫滅口，以防他說出意外發生的原因。雖然這個說法毫無根據，但克提爾和大衛都一致認為有人想要除掉特夫的念頭不可不警惕防範，克提爾於是要求再一次提訊拉法葉。

克提爾於七月四日讀了前一天克茲對法官的供詞，這番證詞對「多迪的計劃」帶出了更深入的內幕，也暗指了法耶德才是那作出致命決定的始做俑者。「當保羅從王妃和多迪的套房出來後，他宣布原來的計劃已經改變⋯，但我和特夫都覺得不妥，所以決定還是致電給倫敦的長官做再次確認，而保羅卻說不需多此一舉，因為法耶德先生親自交待他去執行更改的計劃，而後多迪先生又親自出來詢問我們的意見，我們跟他表示對更改計劃執行的為難，他也認為既然是他父親的意見，就不用質疑了。」

特夫的祖母於六月因胃出血過逝，家人一致認為祖母也是這場車禍意外的犧牲者之一，車禍以來，媒體一直不斷騷擾她，利用祖母純樸、知無不言的個性，繪聲繪影地炒作新聞，帶給她不小的壓力。特夫和祖母的感情很深，每隔幾個禮拜，他就會開將近兩個小時的車程去看她，陪她說說話，「她這一生過得並不順遂，爺爺在她還很年輕時就去世，然後我父親也離開人世，她很孤獨，所以只要有人能陪她聊天，聽她說話，她就會很開心。所以當媒體拿著鮮花敲她的門，她就像個天真無邪的小女孩熱情地歡迎他們，他們卻利用了她，傳媒的力量實在可怕，他們能把黑的說成白的，清白的人寫成殺人兇手。」

全家人到祖母位於威爾斯的莊園參加了她的告別式，並將她跟她的先生與兒子柯林（Colin）埋在一起，長眠於安靜且不受甘擾的地底。

整個夏天歐斯威區似乎籠罩在一片平靜正常的外表下，特夫在彼得理查（Peter Richards）位於威勒街（Willow Street）上的運動用品店兼差。「運動用品店的工作是有點無聊，不比以前當保鑣的工作具有挑戰性，但我至少可以恢復正常的生活，回到現實的世界，雖然至少每兩週還是必須跟我的律師們見面，討論那些不甚愉快的訴訟，但只要能一回到店裡工作，我就覺得踏實，這正是目前我最需要的。」

特夫似乎必須經歷一次又一次的手術，不知何時才能完結這樣的痛苦。他已經動了兩次手腕手術，兩次取出左眼下方的鐵片，和數次的嘴部整型，等到調查案結束和這些傷口完全康復後，他還得繼續治療其他的傷口並為自己健康的人生持續奮鬥。但是他一直有一個固定努力的目標；重回橄欖球隊。「他平常勤練慢跑等運動就是希望有一天能回去打球並作回從前的自己。終於在事件發生的一年內，他回到球場重新打球，他興奮地恭喜自己：「做得好，特夫，你做到了！」

「那天我也到場觀賽，但我興奮地不敢看，我只記得當時坐在草地上隨著心臟興奮地跳動，看著他臉上取出金屬片的累累傷痕，充滿喜悅地馳騁在球場上，眼淚便不由自主地流了下來，看著他能夠重回球場實在是一個很令人深刻的經驗。」吉兒如是說。

如果他的內心世界跟外表一樣堅強就好了。星期六打球的那天，他對吉兒說了一席話，「這些是我以前不想去想，但妳毋需替我感到難過，發生在我身上的是固然是齣悲劇，但卻不是最慘的，我只是做我份內的工作，是應該的，當年父親過世時我比現在還至少痛苦十倍以上，以我現在的情況可以說是幸運的了，至少沒有斷手斷腳，倒是對你和厄尼我感到很抱歉，你們心裡一定很不好受。」

正當特夫內心為此事掙扎時，他的母親察覺到他有更多的情緒隱藏在心裡並沒有顯露。在一次的家庭聚會烤肉活動中，特夫因看到大家都是雙雙對對，朋友們不是有了家庭小孩，或身旁都有女朋友作伴，感到有點不是滋味，於是中途離席跑到酒吧去喝酒了。雖然事後特夫有跟大家道歉，吉兒卻覺得他不需要說抱歉，因為發生在他身上的事，已讓他的人生存在太多遺憾與損失，說苦，沒有人比他更苦了。

夏末的時候，吉兒在特夫的住處招待一位女性朋友，忽然間她眼中充滿淚光地說：「我真怕他撐不下去！」

即使特夫已經辭職了，壓力還是接踵而至。他對事件當時少得可憐的記憶，讓法耶德成為一個兇劣的對手。特夫的精神醫師在七月的時候，將特夫自意外發生一年來的經神狀況與記憶力喪失的情形跟法官作了一個報告，他認為特夫在當時的情況下，所能記憶的有限，即使有，可信度也是很低。

八月三十一日是戴安娜王妃逝世一周年紀念，各方壓力如巴黎盛夏的熱氣直逼特夫而來。七月二十五日，法官依克提爾的要求再次傳訊麗池酒店和艾特樂公司的幾位關鍵人物，只不過這次不是由史特芬法官審理，而是由瑪麗克勞（Marie-Claude）法官代審，這讓克提爾有點擔心，因為法官們通常不會去推翻其他同事既定的結論。

倒是在隔天克提爾讀到他們證詞的抄本時，終於露出了滿意的微笑，因而他們之間所言已有很明顯的矛盾出現。

艾特樂公司的奈爾斯席格（Niels Siegel）表示當晚雖然他不在場，他也從未被麗池酒店要求提供沒有司機的禮車，況且這種情況他通常會拒絕，但若是法耶德的公子——多迪先生堅持的話，又可另當別論了。不過當時的確還有另外兩位合格的司機——慕沙與盧卡（Lucard）在場可以開車。

而麗池酒店的助理經理克勞胡雷則堅稱當時他已下班回家，任何決定都是由多迪先生和他的保鑣們做出的，與他無關。

其中克萊恩忠實地遵循著法耶德的佈局，一味地將矛頭指向保鑣們。他承認亨利・保羅的確從未載乘過客人，但跟席格說詞不同的是，他說當晚已無其他司機待命了，而當時的安全總長泰瑞・羅契（Thierry Rocher）是聽命於保鑣所下達的命令才做的安排，這點卻是席格和何雷都沒提到的。

隨著這些證詞的剖析，至少可以確認當時意外的發生，不單只是狗仔隊們的責任，而司機亨利・保羅的酒醉駕車與不適任，也直接或間接成就了事故發生的原因。

媒體為了一周年的特別節目不斷地邀訪特夫，不過特夫很堅決地表示他不再接受任何媒體的訪談，克提爾和伊安都尊重他的決定，但克提爾認為他們還是該利用這個時機採取些行動才好，於是他接受了美國潔巴拉（Jackie Jabara）的邀請，飛到紐約去進行專訪。而在同時，伊安則在英國處理媒體公關事務，安排一件特夫也同意配合的媒體活動，那就是錄製一段發表聲明的錄影帶：

「目前我腦海中浮現的是去年此時三人喪生於意外中的畫面，趁此時機，我想公開地表示本人對死者的家屬及朋友們寄予無限的同情，這對他們及對我本身都是段難熬的日子，希望大家能夠尊重我們的隱私，及給予我們足夠的空間來悼念這特別的日子。」

克提爾已經一連接到恐嚇電話有數月之久，而就在周年紀念的前一個禮拜，他在上班途中被一個彪形大漢攻擊，並恐嚇他還有下一次，他連忙報警處理，並通知內政部長報告此事。接著特夫也接到威脅電話，對方要求他閉嘴不要亂講話，否則要讓他好看，這讓特夫非常生氣。特夫並不擔心自己，倒是怕這些無聊之事影響到母親。

八月二十七日法耶德公開對保鑣們挑釁。美國時代雜誌在為車禍週年日製作的特輯中，引述了法耶德的這麼一段話，「我實在沒辦法為我那些保鑣們說好話，在調查案還沒結束前我不希望他們離開，畢竟這場意外災難的發生是因為他們的未盡職責，他們有違該遵循的規則，太令我失望了。」

特夫於是被法耶德點名控訴，而正如當初吉兒和厄尼所料，他們都被法耶德設計了，但特夫問心無愧地表示，他從來都是盡全力做好自己份內的工作，從未讓老闆失望，對於老闆的指責，他氣憤地無話可說。但當克茲告訴他一般大眾還是站在他們那一邊時，他稍微開心了些，也讓他不至於做出喪失理智的瘋狂行為。

克提爾本來計劃好要在週年日時帶著特夫遠離媒體的騷擾，找個安靜的地方待上一陣子，但當大衛告訴特夫這個安排時，他拒絕了，他希望照常地過日子，絕不把自己藏起來。

電視上一股熱潮地播出「戴安娜特輯」，報章雜誌亦然，雖然事情已過了一年，人們對王妃的熱情絲毫未減，大家都擁至王妃住所肯辛頓宮獻花、哭泣、與慰弔，甚至到墳前哀悼。王妃即使已逝，但她就像甘乃迪般不朽，魅力常存於人們心中。

至於對特夫一家人來說，當天卻是出奇的平靜，也許是伊安幫他錄製的電視聲明真的發生了效用，讓他享受了難得的隱私，除了外出買牛奶時被照了張像，其他大致都還好，沒有受到什麼不愉快的干擾。而且他們也早就達成共識，不論情況如何惡劣，不論多少的電視轉播車在附近環繞，他們也絕不會藏匿起來，而要勇於面對。

三十一日中午，李斯・瓊斯一家人於附近的鄉間俱樂部——史威尼館（Sweeney Hall）舉辦一個家庭聚餐，他們一行十一人在那用餐、玩遊戲，好不愉快，吉兒還決定以後往年的這一天都要定為屬於他們的週年紀念日。

第十三章　審判終結，迎向未來

九月二十六日克提爾向檢察官古賈爾德（Mme Coujard）對麗池酒店以及艾特樂禮車租賃公司提出「危及傷害他人生命」之控訴罪行。特夫依然相當不願意因此事抨擊任何人，但「克提爾告訴我唯有找出對意外的發生應負相當責任之人，控訴方能成立」，而其中一途就是對某單位所提供的不合格司機提出控訴。

特夫一反常態地透露著眼前重重的困擾，他說：「我所受的傷害可能導致在未來十年內都無法工作，因此我急需存一筆錢來支付往後的生活，然而意外發生至此我都沒有收到任何賠償金或保險費用，唯一得到的是一張辭職後的資遣支票，真不知到以後的日子怎麼過？克提爾曾經跟我提過在法國此類個人傷害的訴訟所得到的金額連律師費用都不夠支付。」特夫因此答應為了索取賠償金此一單純的理由與需求對他們提出告訴。

對於律師群來說，更大的阻礙當然非法耶德莫屬。他已明顯地被一連串的調查與一個他無法控制的保鑣激怒到近乎瘋狂，他的行為跟特夫的健康狀況一樣悲觀地難以預測。畢竟以特夫這樣脆弱微藐的一個客戶，還是很難抵擋法耶德王國幕後強大的財力、律師群與復仇戰鬥力。

這項控訴案在媒體間造成一股轟動，媒體皆以「對抗法國法耶德王朝之訴訟稱之」。此案要求法官判決飯店與租車公司為特夫所受的傷害單付起賠償之責。

喬治・柯以曼（Georges Kiejman）質問他年輕的同業克提爾這件訴訟案到底圖的是什麼？即使他對特夫和法耶德關係日漸惡化深表遺憾，克提爾依然懷疑他的誠意。

訴訟案終於被批准並指派哈維史特芬法官審理。這是個好消息。但究竟法官是否會針對此拖延已久的案件再做擴大及深入的調查，實令人好奇，但克提爾至少確信這件控告麗池酒店以及艾特樂禮車租賃公司的案件會被處理地相當政治化及專業化。它將會證明意外的發生不光只是狗仔隊的錯。

特夫於十月中看了CNN的紀念性節目「永遠的王妃——戴安娜」之後，對整個事件由悲傷失望的情緒瞬而轉為氣憤不平，因法耶德在節目中大肆指責他的無能與不盡責，他說：「他只顧自己繫上安全帶，卻不提醒其他人也把安全帶繫上；他有一輛專載貴賓的防彈禮車，當晚卻不見他開出。」

然而根據CNN主持人裘德・羅斯（Judd Rose）指出，法耶德主要的指控還是在於暗殺陰謀一事，他聲稱他之所以為特夫支付醫藥費用，就是要等他康復後將實話全盤托出。法耶德百分之百的篤定這是件醜陋的暗殺陰謀，而保鑣特夫的無能更促成了此一陰謀的成功。「直到事實真相大白，否則我絕不會罷休」法耶德如是說，「此事已非我個人之恩怨，而是在上帝的見證下，全世界都將關注此事。」

別遑論CNN節目裡法耶德的中傷，更另特夫光火的是在CBS的節目中，他聽到了該節目對法耶德和哈洛德的兩位前保鑣鮑伯洛夫特斯（Bob Loftus）和布萊恩陶德（Brian Dodd）所做的訪問，他倆聲稱「保安人員的編制從頭到尾就像一個血腥混亂的屠宰場。」特夫由同行專業的口中聽到此言論尤其深感痛心，因為他們更該瞭解此一行業所要面臨的種種突發狀況，我們都是領有合格證書的保鑣，即使在事前做好了萬全的準備，總還是會有讓人料想不到的危機挑戰他們的專業。」特夫是當時車內的唯一生還者，但當時的情況來的實在太突然，他腦中一片空白，唯一可確定的是「當意外發生時，我確信已盡了職責，做了任何其他人都做的事。」

此外，法耶德在CNN節目中大肆談論他對特夫及其家人所施的恩惠也令特夫哭笑不得。他說：「特夫住院近半年的醫藥費及他家人在法國的生活費都是由我支付的，而我之所以願意這麼做，就是為了等他康復後能對我說實話。」而事實上根據從吉兒和厄尼那所得到的證實，除了最初一個月的醫藥費和每天七十法郎的零用金外，所有的醫藥費用都是由特夫英國的健康保險公司支付，所以法耶德支助的部分，實際上並未超過三百二十元英鎊。相較於法耶德在媒體上所發表似是而非聳動的言論，吉兒和厄尼只單純的希望他們微弱的聲音、藐小的事實能終究被世人聽見。

一個星期之後伊安盧卡斯（Ian Lucas）接到克提爾從巴黎傳來的一個驚喜，讓特夫在意外發生的最後三分鐘的空白記憶得到平反，他立即打電話告知正在運動用品店工作的特夫這個天大的好消息。警方從一號證物——被撞毀的賓士車中找出一個重大的發現：車內的安全帶完好如初並未有任何被繫過的跡象，而之前消防隊員推測安全帶是在衝撞過程中自動彈開的說法也被不攻自破，事實證明特夫之所以能在意外中存活與安全帶無關，此項發現也證實了先前報導中質疑特夫的專業與參與案殺預謀的說法皆為無稽之談。

特夫接到伊安的電話後興奮地大聲歡呼並隨即跑到父母住處告訴他們這個好消息。「太不可思議了！從我受傷的情況看來我早就懷疑當時並沒有繫上安全帶，事實上我能存活下來就是一個奇蹟。」他高舉著雙臂高呼，「這對我的團隊來說如同一個最珍貴的勝利，而對那些攻訐我、懷疑我的人來說，這無疑是個讓他們終於能認清事實的好機會。」

在安全帶的消息發布的同時，另一項報告也推論出其實特夫的存活與安全氣囊息息相關，「當賓士車首次撞上杜欄時，安全氣囊立即充氣膨脹而拯救了特夫。」這讓特夫對自己的重生有了新的認知。然而自認對車瞭若指掌的奇卡尼醫師對此感到相當不可思議，以特夫僅僅臉部擦傷、手腕骨折，而並沒有其他危及生命的重大傷害來看，實在很難相信當時安全帶並未繫上，為此奇卡尼又再次對被撞毀的賓士車做了番拍照及研究。根據他的觀察雖然車頭全毀，但內部的暖氣和擋泥板皆完好，車子的性能依然正常，安全氣囊當時的確發揮了應有的功效。

奇卡尼推論當車子首次衝撞杜欄時，突然減速所產生的強大衝擊力已在第一次撞擊時被車子吸收，而當時特夫的重要生命器官及其四肢都於安全氣囊的保護下，但是安全氣囊也只能用一次，在之後的連續衝撞中，若特夫真的沒有繫上安全帶，理應早就飛出擋風玻璃之外了。這一連串的疑問，博士在一時之間也無法得到解答，在自知自身並非為陪審團或質詢者的一員後，他不斷沉思著一個比安全帶更重要的問題：「特夫還活著，而且是開心的活著，但當時到底是怎麼一回事呢？」

關於安全帶的的這項驚人事實已完整地向法官正式提報並列為一號證物，但克提爾發現即使這項調查非常地透徹，所得到的結論卻讓人頗為失望，這不禁讓克提爾擔心特夫對麗池以及艾特樂禮車租賃公司酒店所提出之控訴是否會被重視？因報告的結論竟然是確定了當時肇事的其中一項因素必然跟狗仔隊有關；「當時至少有一台以上的狗仔隊摩托車擋住了亨利．保羅所駕駛的隧道出口，而這足以判決他們過失殺人。」當然這都還沒有充分的證據，而克提爾相信等到法官閱過所有警方的報告且帶整個調查行動完整結束後，他將把自己的結論和建議一併送至檢察官處，特夫還是佔有部分優勢的。

十二月十二日法耶德懇求法官針對他所提出的陰謀暗殺論展開調查，由於前英國MI6探員理察湯林森（Richard Tomlinson）的搧風點火，舉出一九九二年英國秘謀刺殺賽爾維亞總理一例，在沒有任何具體證據的情況下，又大肆推論兩位保鑣也參與暗殺王妃之陰謀中，此舉使法耶德深信英國秘密組織（British Secret Service）對於王妃出事當晚的真實情況有某種程度的隱藏，他希望法官能對兩位當時在駐巴黎英國大使館的MI6探員作深入追查，因為他倆同時也是前SAS組織（一種特殊的火力單位）裡忠貞的一員。

儘管法耶德揚言要從美國CIA取得關於戴安娜王妃長達一千零五十六頁的私人資

料，並要求史特芬法官將其列入調查證據之一，此舉並未得到法官的認同，連美國CIA、國家安全組織、與駐巴黎英國大使館都一致認為法耶德近乎瘋狂地補風捉影，散佈不實言論的行為，有損英國皇室的尊榮，並公然侮辱到王妃的家人、英國大使館及美國政府。

到了一月十五日法官開始對克提爾的訴訟展開調查行動，他只提訊了名單中的其中三位證人，然而他們的證詞都相當有利於特夫，使得法耶德需要奇蹟以繼續這場爭戰。

駕駛奧力佛・拉法葉（Olivier Lafaye）於十二月二十一日第二次提訊時告訴法官關於另一個司機弗朗司・華費飛（Francois Fievet）在八月三十一日晚上曾告訴他當日凌晨四點左右艾特樂禮車租賃公司的經理穆沙（Musa）致電給他，要他去接莎拉愛爾・法耶德（Salah Al Fayed）和法蘭克・克萊恩（Frank Klein），他接著又告知多迪和戴安娜已喪生、特夫受重傷、司機亨利・保羅已死的消息，他還提到當時開車的保羅已經有酒醉的徵兆。

法官隨即在數週後相繼提訊華費飛和穆沙，前者對討論保羅酒醉的對話不承認亦不否認，只聲稱他已記不清楚了；至於穆沙則堅稱當晚分配工作且安排由亨利・

保羅駕駛的決定都是聽命於麗池酒店，與他毫無關係。

克提爾愉悅地讀著提訊三位證人的檔案，他很滿意於穆沙對麗池的指控，而麗池隨即又把矛頭指向艾特樂。很顯然地特夫已將事件發生後的一連串謊言與造成事件發生的決定性因素都引上了檯面。不論最後法官將作什麼樣的判決，克提爾都深信以這一連串的利證，必對判決結果有決定性的影響。

一九九九年一月二十九日下午兩點，一份完整的警方調查報告與結論由信差親自遞送至檢察官及各方律師手上，整個調查過程至此正式宣告結束，而史特芬法官在發表了一篇史無前例的新聞稿後，就告假休息去了，接下來就留待檢察官作出合理的判決，而在這之前，克提爾尚有二十多天可以對調查報告作出回應與辯論，所以他於二月十二日完成了一份長達六頁的摘記送達檢察官，即使特夫最後還是無法成功地將麗池酒店以及艾特樂禮車租賃公司定罪，但至少這份摘記能於歷史的見證下，替克提爾與特夫作一個完美結辯。

克提爾利用先前提訊證人的證詞來強化自方的立場，他更讓艾特樂禮車租賃公司的法蘭克・克萊恩承認，當初安排不適任的司機亨利・保羅擔任駕駛並非公司的疏失或錯誤，而完全是受制於麗池酒店的壓力下而無法拒絕。為了讓特夫所提出

「傷害他人」之控訴更強而有力，克提爾在他的摘記中更向法官強調造成此一連串不幸事件的最重要關鍵，也是最嚴重的違規就在於司機保羅在酒醉不適且又無駕駛該重型車種的合格執照的情況下，依然駕駛了該車，導致悲劇的發生。

在深信這份長達六頁的摘記將會還特夫一個應得的公道，對判決結果的期待於是展開。

一九九八年聖誕節前夕，吉兒接到特夫的電話：「媽，我想我需要幫助」。自從夏天以來，特夫變得非常容易感到不滿，他已經好幾次被人從酒館裏趕出，「我發現我變得易怒，甚至很多從前我不以為意的事，竟然輕易地讓我感到光火，所以我覺得該是做些改變的時候了。」吉兒隨即帶特夫去看心理醫生，在醫生那兒，特夫被問了很多他覺得很愚蠢的問題，醫生並開了一些藥給他。「我承認心情很低落，好像唯有找些事情出出氣，才會讓我好過一點。」他說：「這是我生平第一次大膽地向我母親表達心中的恐懼。」接著而來的母親節，特夫送了他的第一張母親卡，裏面寫的文字，幾乎讓吉兒感動地泣不成聲。「我從不認為他是個會向別人吐露心聲的人，其實他的內心深處，也有如此細膩的情感。」特夫與吉兒的關係又更進了一步，比母子更像母子；而他與厄尼也變成了好朋友。吉兒和厄尼已感覺到他們的家庭和婚姻已比以前更為堅定、更為團結。

終於，特夫生活中的喜好與幽默感已於一九九九年慢慢地步入正軌。有一次，特夫回整型外科複診，那天剛好是某橄欖球杯的比賽，當他看到在他之前還有三位病人待診時，他心想：「天啊，我恐怕要在這等上一輩子了！」於是開始變得急躁不安，還好他遇到一位威爾斯醫生，他也是個橄欖球迷，見狀如此，立刻將特夫安排第一位就診，讓他如願地看到球賽。

然而身為一個公眾人物，特夫的生活還是很難回到從前般地平靜。一九九九年的春天，特夫就有好幾次因在酒館裏跟幾個青少年喝酒玩樂，而上了當地報紙並以聳動標題「特夫行徑荒誕，玩得過火」刊出。同樣曾深受眾人關注困擾的伊安．盧卡斯，在看了報紙後就速致電安慰特夫，「你必須接受你現在不同以往的身份，你的所作所為，都將影響到你自己和你的家人。」接下來的一年半，特夫都非常努力地恢復他正常的生活，且儘量地避免和新聞媒體接觸，他是下定決心要做些改變的，因為他深知他這個災難中存活的保鑣形象，將隨著戴安娜王妃的倩影，永遠留在世人心中，但日子還是要過下去，他不希望讓這一切，成為他未來人生的阻礙。

五月份當克茲來訪時，他同時告知他的好伙伴特夫一個到國外擔任專業保全人員的工作機會，特夫十分想接下這份工作，但另一方面，他又希望看到正在審理的案情有個結果，他期待著審判最終可以給他個交代，並還他一個正常的生活，所以在案子結束前他不太可能接受這份新工作。他反而開始考慮之前伊安給他的建議，希望他把所經歷的這一切寫下出書，剛開始特夫毫無興趣，但事後想想他可以在書中把世人對他的疑問及事發的所有經過作一個詳細且完整的說明，這無疑不失為一個好機會。於是透過克提爾引薦的一些紐約文藝界人士，特夫開始撰寫他自己的故事。

這本書花了他六個月的時間，其間他甚至推掉了國家詢問報（National Enquirer）預備花一百萬美金買他的故事來幫他出書。「唯有自己親自參與，才能確保這是我的故事」

寫書這件事對吉兒來說也並不好受，他們曾經很努力地想淡忘這些不愉快的回憶，她實在害怕再重新回想過去痛苦的經歷。然而她還是堅強地鼓勵特夫放手去做，因為她深信好運終究是會降臨的。在過程中，特夫將有機會重新審視自己的堅強，看到自己是如何從困境中站起來，如同奇卡尼醫師說的：「他已用自己的力量治癒了自己。」她希望看到特夫在各方所施強大壓力下，依然能坦然地把實話道出，如此在未來的日子裏，將沒有任何事可輕易地將他擊倒了。吉兒將樂見特夫結束了最後一個章節之後，依然能大踏步地繼續自己未來的生活。

在調查報告交付檢察官審理的六個月之後，也就是一九九九年八月十七日，檢察官古賈爾德公佈了判決結果：所有對狗仔隊照相師及摩托車騎士的控訴都將撤銷。經過了兩年多的調查及一萬多頁的報告發現，竟然沒有足夠的證據支持原先的推論。

然而檢察官並不受理特夫的控訴，她舉了兩項詭辯且荒謬的論點：第一、自身已受傷的特夫並不符合控告「危及傷害他人生命」的資格，因起訴人本身既已受傷，何來「危及之罪」？再者、司機保羅有無駕駛賓士車的合格執照與本案無關，因只要能以安全的、控制良好的速度將車開在巴黎的街道上，任何專業或領有執照與否的駕駛人員都對安全問題沒有直接的影響。而此點根本就和先前法庭所提及關於駕駛人員有無領有專業執照乃導致意外發生之論點相互矛盾。

克提爾在大嘆不可思議之餘，也看出來法院是盡可能地避免審理此案，因為他們不願意承認一開始兩年前就妄下的推論到頭來是錯誤的，他們不想自己看起來很愚蠢，如果他們真的展開對麗池酒店以及艾特樂禮車租賃公司的起訴，無疑就承認了自己的錯誤。

但是檢察官同時也點出一些導致意外發生的相關因素，令克提爾頗感欣慰，這表示法官其實也認同特夫所提出的部分控訴，並由克茲的證詞中斷定多迪對此事件發生所應負的責任。這使得法耶德在十二月十一日對法官所作的陳述顯得相當荒謬，他提到特夫是當時在場的唯一保全人員，他當然應該使用專權來採取任何他認為適當的安全措施，所以特夫才是對意外事件負起責任之人。

在等待法官對檢察官提的報告結果作出再次判決前，克提爾提醒特夫要有心理準備，從法院一直對他的控訴案採如此消極的態度看來，他推算史特芬法官所下的最終判決結果將不會有太驚人的改變。所有他鼓勵特夫作好再上訴的準備，讓事實的真相得以伸張。特夫當然想揭發真相公諸世人，讓自己喧擾不安的生活終於能得到平靜，但他現在把這所有的希望都寄望於正在簒寫得自傳中，他希望藉由這本書讓事件作個終了，而非期待法院的判決。至於賠償金的爭取，因這本書將確定會帶給他一筆不小的生活費，所以他也不覺得有此必要再上法院爭取。

在事件發生滿兩週年時，媒體的態度與世人的反應已不較去年來的悲劇色彩濃厚，電視上開始播放戴安娜王妃的特輯，褒揚她的聖徒精神與博愛和平事蹟時，而吉兒一家人也決定在這天舉行聚餐，所有親朋好友團聚於一家豪華餐廳「長城」（The Wall），他們希望兩周年的今天能開開心心，而不再搞得烏煙瘴氣的。

九月三日，史特芬法官作出案件的最終判決，結果不出克提爾所料，他依然撤銷了對攝影師與摩托車騎士的告訴，並且不受理特夫對麗池酒店以及艾特樂禮車租賃公司提出「危及傷害他人生命」之控訴罪行。但當特夫聽到此消息的唯一反應是：「終於結束了！」雖然他對這樣的結果還存有遺憾與不滿，因他認為攝影師多少都該為悲劇的發生負責，他也清楚知道，法耶德那傢伙決不會因此善罷干休，但經過這麼長時間的煎熬，特夫早已厭倦法庭的爭戰，他只希望一切都告一段落，讓內心再次得到平靜。

果然，法耶德的發言人柯以曼和勞利梅爾各在巴黎與倫敦隨即宣佈要對此裁決提出再上訴，此時大眾早已把他的陰謀論及對特夫的誹謗傳為笑柄，並開始有人責怪他兒子當初不該擅做主張安排酒醉的保羅駕車。到了十一月的時候，法耶德的上訴案件又因麗池的法蘭克成為艾特樂公司的合夥人而顯得更形複雜。若麗池真被告的話，他已無法再推脫責任給艾特樂公司。

雖然特夫保留了再上訴的權利，然而他的律師們都希望他能為了保護自己而有所動作，因為據克提爾的媒體朋友透露，法耶德將計畫除了控告特夫所應付的刑事責任外，並於民事法庭中以怠忽職守的罪名控告他。因為特夫使得法耶德的陰謀理論淪為眾人笑柄，英國皇室更對他有一連串拒絕與羞辱舉動，伊莉莎白女王還取消了他自一九九八年開始贊助的皇家溫莎馬術表演之榮寵，除此之外，媒體還爭相報導他的醜聞與捏造自己出生背景的謊言，這一連串的痛擊，讓法耶德引以為傲辛苦建立的王朝於一夕之間分崩瓦解，而特夫隨後的辭職舉動讓他的憤怒之火燃燒到頂點，他開始把自身的不幸，偏執地轉稼到特夫身上，他已無視司機亨利・保羅的過失，他殷切地想找一個代罪羔羊，似乎唯有把特夫定罪一途，才能宣洩他心中積壓已久的怨怒。

而特夫的家人本來也同樣希望特夫能在十天的期限內趕快提出上訴，他們替他感到不值，以他身體與心靈上所受到的傷害，若不爭取應得的賠償，如同放棄自己應有的權利，加上媒體開始有不利特夫的言論出現，有人傳言檢察官論定特夫對車禍當時的敘述是胡說八道，更有媒體表示特夫對事件的發生應負部分責任。儘管壓力從四面八方接踵而至，特夫依然堅持不想再追究禍首，只想努力工作，享受正常的生活。「我從一開始所作的一切就並非想針對某人」他說，「而我自問並沒有做任何對不起老闆法耶德先生的事，一切只要問心無愧就好。」最後六個月他把自己關在後巷的房子裡，享受全然孤獨的生活，期間他體悟到主宰自己生活的愉悅，「我開始學會自私的樂趣，我將不再勉強自己做自己不想做的事！」

吉兒於是了解兒子的選擇與堅持，「他正在努力走出一條屬於他自己的路，我非常地以他為榮。」伊安也對特夫所做的決定深表認同，他們陪著特夫這一路走來，參與了特夫的成長與改變，他從困頓中勇敢地站了起來，他們知道特夫之不再上訴的原因決非懼怕法耶德，而是一股急切想爭取自由的渴望，他想要做一個真正能為自己作決定的大男人，而不再只是聽命他人。

「有時候想想，我覺得法耶德真的很傻，他就像一個專制獨裁的君王，以為身旁草木皆兵，其實他最大的敵人是自己。」特夫發現他不再需要調查或判決報告來肯定自己，「我已經自問了好多遍當時是否還可以再做些什麼來防止或減輕意外的發生？」他說：「事實上，在當時的情況下，我是真的做了一切我該做的事。如果可以選擇，我由衷希望能以我的生命換他們三人的生命，但如果也只是如果，時間不能倒轉，悲劇也已成事實，我不會因為自己的存活而感到抱歉，因為我也付出了相當的代價。」

「有時候我還是會常想到威廉和哈利兩位小王子的喪母之痛，雖然他們可能對我已無印象，但若有機會見到他們，我一定要親自跟他們表達心中的歉意，但我的確已作了所有我該做的了。」

特夫多麼希望能將這一切全部拋諸腦後，關起門來過自己正常的生活，「我想要有一位賢慧的妻子、一群可愛孩子、一個甜蜜的家和一份穩定的工作，但兩年的折騰下來，這些似乎都變得遙不可及。」特夫清楚地知道這個疤痕將永難磨滅。若有一天，一個天真無邪的小女孩在紅寶石俱樂部看到他，並上前問道他的臉上為何有這麼多的疤痕？

「因為我動了很多次手術啊！」或許是一個太過簡單的回答，但回首過往，你又能如何跟個孩子解釋這所發生的一切呢？

Fire 小小說

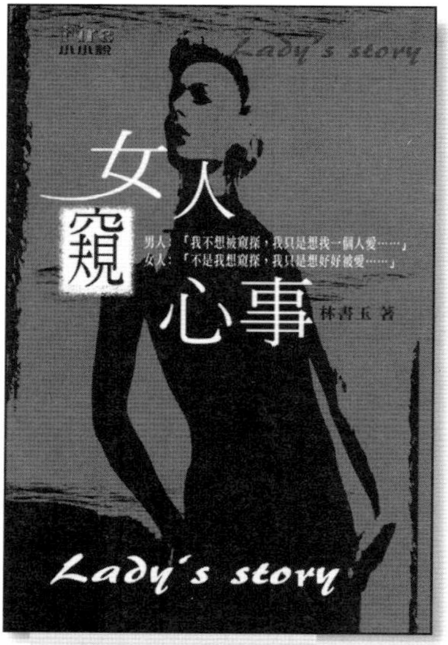

林書玉作品集1
女人窺心事
定價：120元

林書玉作品集2
花落
定價：180元

愛情不是人生的全部，但是愛情的種子卻潛伏在我們生活的空氣裡，因此人的一生很難躲過愛情的戲弄。在「女人窺心事」、「花落」兩本書中，林書玉以溫柔的筆觸及深刻的觀察，用第三人稱的短篇小說形式，寫出女人們各個階段的心情故事，深刻描繪塵世間的愛情，在文字流轉間不禁牽動出淡淡情懷，邀請您一起進入書玉的溫柔世界，體驗愛情的酸甜苦辣。

◎**黛安娜傳**（1999年完整修訂版）

PRINCESS OF WALES

作者：安德魯・莫頓

定價：360元

威爾斯之星的誕生與隕落

附黛安娜王妃珍貴彩照80幀

「這是本現代經典之作，該書甚至對主人翁本身也產生重大的影響。」——
大衛・撒克斯頓，倫敦標準晚報

黛安娜～一顆璀燦的威爾斯之星，她的風采與隕落，帶給世人多少的驚歎與欷歔。黛妃從1981年與英國王儲查理王子結縭，到1997年8月31日車禍身亡，十七年的時光裏，她一直是世人目光的焦點。在黛妃的一生中，嫁入皇室是榮耀的開始，卻也是寂寞宿命的起始。本書主要描述三個主題：黛安娜的貪食症、自殺傾向以及查理王子跟卡蜜拉之間的關係，徹底揭露黛妃長期於虛偽的皇室中以及在媒體偷窺追逐的壓力下，如何尋找自信與追求自我價值的真實動人歷程，為作者安德魯・莫頓最膾炙人口的一本著作。

安德魯・莫頓曾創造了許多暢銷書，並且獲頒許多獎項，其中包括年度最佳作者獎及年度最佳新聞工作者獎等。本書更為所有介紹黛妃的著作中，唯一詳實記載黛妃受訪內容的一本傳記書籍，其訪談深入黛妃的內心世界，是為黛妃璀燦卻又悲劇性短暫的一生完整全記錄。值此黛妃逝世兩週年之時，讓我們重新認識她那不被世人所了解的一生，領會其獨一無二的風采與智慧。

請沿虛線剪下，對折裝訂後寄回

北區郵政管理局
登記証北台字第9125號
免 貼 郵 票

大都會文化事業有限公司
讀者服務部　收

110 台北市基隆路一段432號4樓之9

寄回這張服務卡(免貼郵票)
您可以
◎ 不定期收到最新出版訊息
◎ 參加各項回饋優惠活動

請沿虛線剪下，對折裝訂後寄回

大旗出版．大都會文化　讀者服務卡

書號：98004　**最後的一場約會**

謝謝您選擇了這本書，我們真的很珍惜這樣奇妙的緣份。期待您的參與，讓我們有更多聯繫與互動的機會。

讀者資料

姓名：________________ 性別：□男　□女

身份證字號：________________ 生日：　年　月　日

學歷：□國中　□高中職　□大專　□大學（或以上）

通訊地址：________________________

電話：（H）____________ (O)____________

※ 您是我們的知音。所以，往後您直接向本公司訂購（含新書）可享八折優惠。

1.您在何時購得本書：　　年　　月　　日

2.您在何處購得本書：

□書展　□郵購　□書店　□書報攤　□便利商店　□量販店
□其他__________。

3.您從哪裡得知本書（可複選）：

□書店　□廣告　□朋友介紹　□書評推薦　□書籤宣傳品等

4.您喜歡本書的（可複選）：

□內容題材　□字體大小　□翻譯文筆　□封面設計
□價格合理

5.您希望我們為您出版哪類書籍（可複選）：

□旅遊　□科幻　□推理　□史哲類　□傳記　□藝術　□音樂
□財經企管　□電影小說　□散文小說　□生活休閒　□其 他

6.您的建議：________________________

____

____

最後的一場約會 Diana,巴黎車禍唯一倖存者的告白

The Bodyguard's Story——Diana ,The Crash,and The Sole Survivor

作　　者：特夫・李斯瓊斯
譯　　者：劉世平
發 行 人：林敬彬
企劃編輯：蔡郁芬
美術編輯：張美清
封面設計：張美清

出　　版：大旗出版社　　局版北市業字第1688號
發　　行：大都會文化事業有限公司
台北市基隆路一段432號4樓之9
電話：（02）27235216　傳真：（02）27235220
e-mail：metro @ ms21.hinet.net
郵政劃撥：14050529 大都會文化事業有限公司
出版日期：2000年8月
定　　價：360元

ISBN：957-8219-24-5　（原書ISBN：0-316-85508-1）
書 號：98004

國家圖書館出版品預行編目資料

最後的一場約會 Diana,巴黎車禍唯一倖存者的告白／特夫・李斯瓊斯(Trevor Rees-Jones), Moira Johnston作；劉世平譯. -- 臺北市；大旗出版；大都會文化發行, 2000〔民89〕

面；公分

譯自：The Bodyguard's Story：Diana ,The Crash,and The Sole Survivor

ISBN 957-8219-24-5（平裝）

873.6 89009436